JN088457

出張料理みなづき

情熱のポモドーロ

十三　湊

幻冬舎文庫

出張料理
みなづき
情熱のポモドーロ

CONTENTS

これは、自分を幸せにすることができるし、
望めば人を喜ばせることもできる。
それに、だれであっても、あなたから盗むことはできない。
これはあなただけのもの。
その人はそう言って、一生の宝物を授けてくれた。
だれにも奪われることのない、幸福の手段を。

如月
始まりのおむすび

桃子《ももこ》さんとの出会いは不意打ちだった。


節分の翌日は、立春。

春の始まりとは名ばかりの、寒い夜だった。

夕食の席でお母さんが言い出した。

「季実《きみ》、東京に行く気ある？」

その日の夕食にチーズ入りハンバーグが出たのは覚えている。

お母さんがよく作ってくれる、わたしの大好物。それを、わたしは箸で小さく割って、アリバイを作るように少しずつ口に運んでいた。

あんなに好きだったこれを、もうわたしはおいしいと思えないんだなあ……と悲しい気持ちで眺めながら。

「……東京？」

寝起きで頭がぼんやりしていたわたしは、間を置いて訊き返した。

「そう。本郷のおばあちゃんのとこ。淋しいから、しばらく一緒に暮らさないかって」

少し早口に、お母さんは言う。

「そんなこと言う？　すみれおばあちゃんが」

わたしの声はあからさまに疑いを帯びていた。

東京に住んでいる母方の祖母とは、わたしが大学を卒業して以降、会っていない。もともと、そんなに親密に行き来する間柄ではなかった。

おばあちゃんは何というか、そっけない人なのだった。

「正月だからって、別に無理して帰ってこなくていいよ」などと突き放すようなことを言って、よくお母さんを怒らせていた。両親が娘であるわたしに対して過保護なのは、おばあちゃんのせいだとわたしは思っている。放任主義で育てられて淋しい思いをしたというお母さんは、「自分は子どもに決してそんな思いをさせまいと誓った」というようなことを昔言っていたから。

「おばあさんも、もうお歳だし。おじいさん亡くなって、一人だからなあ」

お父さんがしみじみとした口調で言うと、お母さんが何度も相づちを打つ。

「そうそう、そうなの。心配だから、ちょっと様子を見てきてくれない？」

二人とも、さりげなさを装っていたけれど、緊張を隠しきれていなかった。

わたしももう二十四。

おばあちゃんのため、というのが名目であることくらい、わかっていた。腫れ物に触るようなその気遣いに、少し腹も立つ。

それでも、少し考えてから、わたしは答えた。

「いいよ」

何しろわたしは無職になってひと月。

理由もなく涙が流れることはもうなくなっていたけれど、相変わらず朝は起きられないし、何をする気も起きない。

その日も、夕食前に起き出してきたところだった。目が覚めたときにはすでに夜だった、という事実が自己嫌悪に追い打ちをかける。

「一年お前を養うことくらい、できる。もう辞めなさい」

お父さんはそう言って、離職をうながしたけれど、それに甘えて無職生活を満喫できるほど、わたしは天真爛漫じゃなかった。

新卒で入った会社を二年も経たずに辞めて、しかも再就職活動をする気力もわいてこない。

中学から大学までバリバリ運動をやっていて、怒声にもしごきにも耐性がある。そう思っていただけに、社会人生活から脱落したショックは大きかった。

――どうしてこうなってしまったのだろう。

――大学まで行かせてくれた両親に申し訳ない。

――でかい図体をして、人並みに働けない自分が恥ずかしい。

昼夜の逆転した生活の中、来る日も来る日もそんなことを考えていた。

大食らいだったのに、すっかり食欲もなくなり、両親に心配をかけるばかりの日々。

両親の提案に乗ったのは、そんな生活から逃れたい、という気持ちからだった。

母方のおばあちゃんは昔からの地主の娘で、東京の本郷に土地を持っていた。かつては女子学生向けの下宿屋みたいなものをやっていたらしい。

愛想のいい人ではなかったけれど、嫌いじゃなかった。

孫を猫可愛がりしたりしないクールなところが、今のわたしにはいいのではないかと思ったのだ。

そうして、一週間後。

本郷の家を訪ねていくと、おばあちゃんの隣に彼女がいたのだ。

「季実さん、初めまして。下宿屋でお世話になってる皆月《みなづき》桃子です」

大柄なわたしを見上げるようにして、彼女は言った。

歳はわたしより四つ上の二十八歳。

長い髪を後ろで結い、ネイビーの縁取りがおしゃれなギンガムチェックのエプロンをつけていた。

化粧っ気がないのに、肌が白くてつやつやしていて、大きな目が印象的だった。小柄なのに、まわりにエネルギーを発散しているような、不思議な存在感があった。

「下宿屋はやめたんじゃなかったの⁉」

自己紹介をしてから、わたしはあせっておばあちゃんに訊いた。

おばあちゃんの自宅ではなく、同じ敷地内の、桃子さんと同じ下宿屋に住めと言われたからだ。

下宿屋は、洋館風のレトロな意匠の二階建て。もう古いし、人様の世話をする気力もないから、今いる学生が出ていく一年後にはやめる。三年前にはそう言っていたのに。

おばあちゃんが顔をしかめる。

「やめるつもりだったんだけどねえ。この娘っ子が押しかけてきて、不幸アピールするから」

つんけんとして言う。

白い髪をボブにしてニットワンピースを着た彼女は、七十代にして生活をエンジョイしている感があふれている。とても淋しがっているようには思えない。

おばあちゃんの発言に、にこにこしていた桃子さんが頬をふくらませた。

「不幸アピールなんてしてません！」

「してただろ。なんだっけ？　ろくでなし親父、母親蒸発、二十三歳でバツイチ」

むくれた桃子さんに構わず、おばあちゃんはわたしに顔を向けて言った。

「でも、まあ、料理だけは上手いよ」

桃子さんもにっこり笑顔を作った。

「すごくおいしいの、わたしの料理」

下宿屋に格安で住まわせてもらう代わりに、食事は全部彼女が作っているのだと言った。

〝すごくおいしいの、わたしの料理〟

――自分で言うか？

うさんくさいと思ったけれど、その後の昼食で、どうやら本当に料理上手であるらしいことはわかった。

かつて曽祖母が女子学生たちに食事をふるまっていたという下宿屋の食堂。その大きなダイニングテーブルに、料理が並べられた。

そのメニューを、今でもはっきり覚えている。

海老やきゅうり、錦糸卵にサーモン、アボカド。さまざまな食材を組み合わせた三種類の押し寿司に、かぶと帆立のみぞれ汁。二層に分かれた茶碗蒸しの上には、可愛いピンクの花がのっていた。

器の選び方も関係あるのだろうか。盛り付けがとにかく美しい。その場がぱっと明るくなるような色彩。それだけで歓迎の気持ちが伝わってくる華やかさ。うれしさよりも、心配がまさり、胸がどきどきしてきた。

量は多くない。でも食べきれない。どうしよう——そう思ったのだ。だって、もう半年、食欲がないまま。会社を辞めてからも、わたしの食事は、「死なない程度に栄養を補給する」というものでしかなかったのだから。

初めて会うわたしのためにこれを準備した彼女を、落胆させてしまう。そう思ったら、気が気でなかった。

「いただきまーす。すみれさん、この茶碗蒸し、可愛いでしょう。ひなまつりのメニューにもいいんじゃないかと思って」

「夏に食べたのとはちがうね。……ふーん……あんかけなのか」

「そう。夏は冷たいのがおいしいから、ゼリーを使ったんですけど、冬のごはんはやっぱり温かくないと」

二人がしゃべっている間に、おそるおそる、箸をとった。

まずは、喉を通りやすい汁ものから。

刻んだ小葱を散らしたお椀には、ふわふわと白い湯気が立っていた。

すりおろしたかぶが入っただし汁にはとろみがあって、ゆっくり舌から喉へ流れていく。

一口で「おいしい！」と感動することはなかった。

でも、食べた。

あとからじわじわと伝わってくる味なのだ。淡泊なかぶは、帆立の旨味をいっぱいに吸い込んでいる。とろみのある汁が喉を通っていくのを感じるのと同時に、体の奥からぽかぽかと温まってくる。

不思議なことに、そのとき、半年間どこかへ行ってしまっていた「おいしくて、うれしい」という感覚が戻ってきた。

うちのお母さんだって、料理は得意なほうだと思う。

だから、いったい何がちがったのか、わからない。

好きな食べものも特に含まれていなかった。それでも、食べものの水分と栄養、そして一緒に含まれていた何かが体の中に取り込まれて、すみずみまで浸透していくようだった。

わたしはゆっくりゆっくり、食べた。

茶碗蒸しはとろけるようになめらかで、あしらわれたイクラと木の芽も美しい。

まだ温かさを残した押し寿司は、箸を入れるとほろりと崩れて、酢飯も海老も卵も、じわじわと染みわたるような優しい味がした。

「おいしいでしょう」

桃子さんに声をかけられて、はっとした。

おしゃべりに興じていたように見えた二人が、ずっとわたしの様子を見ていたことに気づいた。

「……おいしい」

呆然として言うと、彼女は「恐れ入ったか」と言わんばかりに微笑んだ。


おいしい、と思ってしまったのが運の尽きだったのかもしれない。

なにか、命綱を握られているような気分になってしまったのだ。

立ち直ることができるかもしれないという、光明のようなものを見せられて。

実際はそんなに簡単にわたしの生活は元通りにならず、一睡もできないままに二十四時間を過ごしたかと思ったら、十二時間以上こんこんと眠り続ける日もあった。

おばあちゃんや桃子さんと顔を合わせないまま一日が終わることも、ざらだった。

でも、「ごはんはこの時間。タイミングが合わなかったら、自分で温めて食べてね」と放置されていたのがかえって気楽だった。

おばあちゃんも、見事なほどに、わたしを心配している様子がない。

ある深夜、温かいものが飲みたくなって食堂へ行った。

桃子さんは毎晩、「起きてすぐに飲むとおいしい」といって、熱い梅昆布茶を作って魔法瓶に入れておく。

それをもらおうと思ったのだ。

梅昆布茶なんて年寄りの飲むものだと思っていたけれど、その酸味と旨味が寝起きの体に染み込んでいくのが快感なのだ。

古い建物特有の底冷えに震えながら、食堂の明かりをつける。

いつも置かれている魔法瓶。そして、お盆の上に伏せられた湯飲み。

その日は、それ以外のものがたくさんテーブルの上にあった。

お米の入った保存袋二つ、炊飯器、ボウル、紙。

紙はチラシの裏で、桃子さんのものらしき字が書かれている。

季実ちゃんへ

何もすることがなくて退屈だったら、ごはんを炊いておいてください。

①　袋に入ったお米をボウルに移す。

（2合＋3合＝5合、量ってあります。お米は買ってすぐ、小分けにして冷蔵庫で保存すると楽！＆おいしさキープ！）

②　冷たい水を入れて、手で2〜3回、底からぐるっとかきまぜる。研ぐ必要はありません。冷たいけどがまんして！

③　水を替えて、3回くらい繰り返す。

④　1時間水に浸す。水が冷たすぎるとお米が水を吸わないから、ほんのちょっとだけお湯を足して。

そのあとも指示は続いていた。

わたしはぼんやりと、透明な袋に入ったお米を見ていた。

ずっと実家暮らしで、料理なんてしたことがなかった。

小学校の家庭科の宿題で「家でお米を炊いてみよう」というのがあった。わたしがお米を炊いたのは、そのときが最初で最後だったんじゃないだろうか。

体も重かった。億劫だった。

でもそのときは、やろうと思った。

桃子さんの言うことをきかなければならない気分になっていたし、起きていても何をする気にもなれず、ネットサーフィンで時間を浪費しているばかりだったから。

キッチンの石油ストーブをつけて、水の冷たさにくじけそうになりながら、お米を洗った。浸水させて、炊けたお米を保存容器に小分けにして、冷めるのを待って冷凍庫に入れて……とやっていたら、手際が悪いのもあり、三時間近くかかった。

どっと疲れた。

それでもその日、わたしは久しぶりに穏やかな気分で眠りにつくことができた。

炊飯器を開けた一瞬に聞こえた、じゅわっとはじけるような音。もうもうと立ち上る湯気。うす甘いような匂い。

桃子さんが冷蔵庫に置いておいてくれた夕飯を電子レンジで温めて、一緒に食べた。そのときのお米の甘さ。一粒一粒の輝き。

会社を辞めて初めて、自分を嫌いでない状態でいられた。

あとから思うに――それは、わたしがすごく久しぶりに生産的な行為をしたからだった。

料理は、だれからも非難されない「正しい行為」だった。できたものを食べられるという点で、役に立つ。

上手い下手という以前の問題。何かを作ったということだけで、わたしはほんの少し救われたのだ。


その後も、たびたび、桃子さんのごはんミッションは食堂のテーブルの上に現れた。

白米百パーセントが、たまに雑穀入りになったり、炊き込みごはんになったりした。乾燥桜海老と一緒に炊くと、ごはんが桜色になって可愛いのだと初めて知った。

何かを切ったり焼いたり茹《ゆ》でたりというような、難しいことはなかった。

分量を量って、炊飯器に入れるだけ。

桃子さんと起きている時間が重なることが増えると、直接声をかけられるようになった。

「季実ちゃん、今お暇？　野菜の皮を剝《む》くの、手伝ってくれない？」

桃子さんの言い方は、本当に「ちょっとしたお願い」という感じで押しつけがましさがない。

それで「お願い」に応じていると、細かく指導が入るようになった。

「これはおむすびにするから、炊くときにオリーブオイルを二、三滴入れて。オイルがお米をコーティングして水分を閉じ込めてくれるから、冷めても硬くなりにくいの」

お願いと指導は、どんどん増え。

「今日は調理道具一式、持っていかなきゃ。季実ちゃん、用事がなかったら、荷物を一緒に運んでもらえない？」

いつのまにか、仕事に同行することになっていて。

ある日、お客さんに向かって桃子さんは言った。

「〈出張料理みなづき〉です。本日もよろしくお願いいたします。こちら、アシスタントの遠藤《えんどう》季実です」

この間、三週間。

桃子さんが仕事の手伝いを頼んでくるときは、わたしがちゃんと起きていて、なおかつ体調のよいときだけだったし、やっているのも荷物持ちと野菜の皮剝き、炊飯や洗いものくらいだ。あくまでも「お手伝い」だと思っていたら気楽だった。

でも、結構な時間働いている。

朝から夕方まで働き通しの日もあった。

「あのー、桃子さん、バイト代って……？」

おずおずと訊ねると、桃子さんは小首をかしげた。

「ん？」

笑顔。

それだけで発言を封じられそうになり、慌てて言う。

「『ん?』じゃないですよ、バイト代ください!」

一か月近く付き合ってわかったけれど、桃子さんはお金に関しては結構ケチだ。料理に関わるもの以外には、とにかくお金を使わない。

彼女は困ったように頬に手をあてた。

「すみれさんからは、『いくらでもこき使っていい』って聞いているけど。食費や家賃の代わりだって」

お金を入れろというならまだわかるけど、勝手に労働力として売り渡されていたとは。

「おばあちゃん! 勝手なことを!」

憤慨したけれど、わたしも会社勤めの経験者。

いくら大家が祖母だからって、家賃も食費も払わずにのほほんとしていられない。

再就職までのリハビリだと思って、やるしかない。

桃子さんの仕事は「出張料理」。

依頼人の家や指定された会場に出向いて料理を作るのだ。

桃子さんはどうもこれ一つで生活しているらしい。

「そんな依頼、頻繁にあるもんですか？」

出会って間もないころに訊いたことがある。

少なくともわたしの二十四年間の人生では、身近になかった文化だ。

「意外にあるのよねえ。ホームパーティのごちそう用意したり、一週間分のごはんを作り置きしたり、赤ちゃんのお世話で忙しいお母さんの代わりに離乳食作ったり」

桃子さんは言った。

「もちろん、すみれさんが格安の家賃で住まわせてくれたり、お客さんがリピーターになってくれたり、お友だちを紹介してくれたり、そういうみなさんのご厚意で成り立っているんだけど」

二十五歳まで関西のレストランで修業していて、出張料理を始めたのは東京に来てから。

二年ほどは都内の新しいレストランでの仕事と掛け持ちしていたが、一年ほど前に出張料理だけに絞ったのだという。

プロの料理人一人を三時間拘束して料理させるのだから、料金はそれ相応だ。

一回きりなら、働いていたころのわたしの財力でも頼める。でも、毎週となると難しい。だから必然的に、常連のお客さんは、経済的に余裕のある人たちになる。以前から知っている有名人に出会うこともある。

ピンポーン

マンションのエントランスで、桃子さんが呼び出しのチャイムを鳴らした。

「はい」

機械を通して聞こえる女性の声。

「こんにちは。〈みなづき〉です」

マイク部分に顔を寄せて、桃子さんは歌うように言う。

「出張料理みなづき」が正式名称だけど、外ではそれを口に出さないのだという。玄関先での応答をご近所さんに聞かれて、余計な詮索を受けるお客さんがいるかもしれないから。

「はーい。今開けます」

先方の返事のあと、玄関のロックが外れる。

わたしも桃子さんに続き、ガラスの扉を開けて中へ入り、エレベーターのボタンを押した。

ここへ来るのは二度め。

どきどきしながら、マンションのあちこちを眺めた。

建ててから三十年は経っているだろうマンションだけれど、きれいに手入れがされているのがわかる。汚れにくい素材でできているのか、グレージュの外壁に汚いところはないし、ところどころにツタが這っているのもおしゃれな感じがする。

「ごめんね、また山姥《やまんば》で」

挨拶を交わして早々、山瀬《やませ》千嘉《ちか》さんは言った。

「山姥」というのは、寝起きそのままの彼女の姿のこと。

彼女はブルーグレーのスウェットを肘までまくり上げ、雑巾を手にしていた。長い髪はバサバサで、すっぴんには眉毛がない。

美しく装った彼女しか知らなかったので、最初に会ったときには驚愕した。

「今週もお疲れですね」

桃子さんの言葉に、千嘉さんは苦笑した。

「でも、キッチンは片づけたから！」

「ありがとうございます」

わたしも桃子さんと一緒に頭を下げた。

「あなたたちのおかげで、二週間に一回はちゃんと掃除するから。助かってる」

朗らかで輝くような笑顔だった（眉毛ないけど）。

おまけみたいなわたしのことも無視しないで、「あなたたち」と言ってくれるところが優しい。

「これが、今日の野菜。よろしくお願いします」

キッチンワゴンの上にのったダンボール箱を、千嘉さんが指し示す。

千葉にある実家から送られてくるという野菜だ。金曜日の夜に受け取り、中身の写真を撮って、桃子さんに送ってくる。

それをもとに桃子さんがメニューを決めて、他の食材を買い足してここへ来るのだ。

「じゃあ、三時間後に！」

桃子さんが元気よく言い、千嘉さんがガッツポーズを見せた。

付き合いが長いとわかるやり取りだ。

千嘉さんの歳は、たぶん、三十八とか九とか、そのくらい。

〈出張料理みなづき〉の最初期からの顧客だという。

二週間に一度、土曜日の午前中に彼女は桃子さんを家に呼ぶ。

その日は彼女のリセットデー。桃子さんが来る前にキッチンスペースの掃除をして、桃子さんが料理をしている間に、洗濯機を回し、リビングと寝室を片づけ、掃除する。

仕事で忙殺されている彼女は、ここで生活を立て直すのだ。

わたしは彼女を以前から知っていた。

彼女は、一部の人々の間では有名な文筆家兼編集者なのだ。

旅にインテリア、素敵なお店においしい料理。人生を彩るきらきらしたものたちを集めてライフスタイルを提案する女性向け雑誌。

編集者としてＳＮＳに登場した彼女は、「山瀬女史」と呼ばれ、その雑誌のアイコンというべき存在になっていた。

もともと古い建築物が好きだという彼女は、個人としてのアカウントで東京のレトロな建築や庭園を紹介していた。普段の投稿からうかがい知れるライフスタイルも、雑誌そのままに見えた。

古い建物が好き。庭園が好き。お菓子が好き。仕事が好き。

「好き！」にあふれたポジティブなムードも支持されている理由なのだろう。

やがてフリーの編集者になった彼女は、自分の著作も出版するようになる。

本を読む習慣のなかったわたしが、彼女を知ったのは、大学進学の直後だった。

従姉《いとこ》が、大学進学のお祝いとして彼女の本をプレゼントしてくれたのだ。

それは、各都道府県を旅行した千嘉さんが、その地の魅力を自分の視点で切り取って紹介するというシリーズの一冊だった。

「せっかく大学まで通うんだから、ついでにいろいろ見たらいいよ。同じ県内でも知らないとこ、いっぱいあるでしょ」

従姉はそう言った。

こんな富士山以外何もない県で、よくもまあ、一冊作れたもんだ……そう思って、自分の住む街のページを見たわたしは、衝撃を受けた。

あまりにも素敵だったから。

どれも知っている場所だった。見たことがあったし、毎日のように通っている場所すらあった。

無感動に通り過ぎていたそれらが、彼女の視点で見ると、可愛かったり、美しかったりするのだった。

「盛っている」のではない。それらはそのままに、そこにあった。

でもどんなに素敵なものがあっても、それに気づく目を持たないと、「何もない場所」になってしまう。

そのことを、わたしは十八歳の春、彼女の本によって思い知らされたのだった。

だからといって、わたしは本好きにはならなかったし、本を読むくらいなら走ったり腕立て伏せをしたりするような女子大生だったけれど、その旅のシリーズは少しずつ買い足していった。いつか行って見てみたい場所がたくさんできた。

勤め先のブラック体質と「憧れていた仕事に向いていなかった」という現実に疲れはじめたころから、本も開かなくなったし、ＳＮＳの彼女からも遠ざかった。

寝るためだけに帰宅する生活と、仕事で上手くいかない自分から、それらはあまりにも遠く、まぶしかった。

それでもおばあちゃんの家へやってくるとき、彼女の『ぐるり東京』は持ってきたのだ。元気になったら、彼女の視点を通した東京を見たいと思ったから。

思いがけずに会うことができた彼女は、やっぱりエネルギッシュできらきらしていた。

桃子さんはいつも白いブラウスと黒い細身のパンツを身に着けている。デザインはちがっても、色はいつも同じ。そこにニットやカーディガンを重ねることはあるけれど、飾り気がない。

ギンガムチェックのエプロンだけが、彼女の装飾品。

初めてお客さんの家に同行することになったとき、彼女はわたしに赤いギンガムチェックのエプロンをくれた。

背の高いわたしに合うサイズだったから、わざわざ買ってきてくれたのかもしれない。たいしたことはしていないけれど、所在なさは感じない。色ちがいの同じエプロンが、「アシスタント」感を出してくれる。

ヘアピンで髪を留めて、エプロンを着けて、肘まで手を洗って。

準備を終えて、わたしがいつも最初にやることは、ごはんを炊く準備だ。

一か月近くの間、何度も何度も炊いて、桃子さんからの指導も入った。これだけはできる。

「今日もいっぱいね」

桃子さんが、ダンボール箱の中身を、キッチンワゴンの上に出していく。

新聞紙にくるまれた、大量の菜の花。巻きのゆるい、ふんわりした春キャベツ。緑も鮮やかなアスパラ。皮の薄い春のじゃがいも。明るいオレンジ色のにんじん。

わたしは自分で料理することも、食材を買うこともほとんどないから、分量の感覚がよくわからない。でも、これは二週間分としても、一人暮らしにはちょっと多すぎるんじゃないか。キャベツなんか三玉もある。

生でおいしく食べられるものばかりじゃないから、調理するのも大変だ。

「ゆっくりでいいからね。そう、お尻のほうから、芯の周りにナイフを入れて」

お米を浸水させている間、わたしはまな板の上でキャベツと格闘した。

ぐいぐいと慎重にナイフを差し込んで、芯の周りに切り込みを入れていく。

焼く・煮る・炒める等、火を使う作業や、見た目を美しく切る作業は、桃子さんにしかできない。

あまり見た目の関係ない皮剝きとか、力仕事を、少しずつ桃子さんはわたしにさせるようになった。

「はい、上から水をかけて。切り目に水をためるように」

シンクの上にボウルを置き、キャベツを入れて、芯をくりぬいた穴に水道水を流す。

切り込みにどんどん水がたまっていき、バラバラと葉がはがれはじめた。

「わ、すごい！」

調理実習のときには、上から一枚ずつ葉を剝いていた。

「面倒でも、芯は最初にくりぬいたほうがいいの。葉をはがすのも楽だし、穴に濡れたキッチンペーパー詰めておくと長持ちするし。はい、もう一個もやって」

せっせと葉を回収しながら、桃子さんが指示を出す。

キャベツ一個分の葉をわたしが電子レンジにかけている間、桃子さんがあっという間に玉ねぎをみじん切りにして蓮根をすりおろし、豚ひき肉と合わせて肉だねを作る。

桃子さんの手が、加熱して柔らかくなったキャベツの葉をまな板の上に広げ、肉だねをのせる。右の端だけキャベツを内側に折り込んで、片方はそのままに巻いていき、巻き終わったら、織り込まなかった端を指で内側に押し込む。

これで爪楊枝を刺したり、かんぴょうで巻いたりする必要はないのだという。

わたしの三倍の速さで、桃子さんは次々にキャベツの俵をキッチンバットに並べていく。

彼女の一つ一つの動作に迷いはない。考えるより先に手が動いているように見える。

二人で黙々と作業する。

いつのまにか、わたしも目の前の作業だけに集中している。

余計なものをそぎ落とした時間。

一日のうちで罪悪感や自己嫌悪を抱く時間が、ずいぶん減っていることに気がついた。

炊飯器が二回めの炊きあがりを告げた。

蓋を開けると、うす甘いごはんの匂い。

濡らしたしゃもじで手早く混ぜて、半分ずつ二つのボウルに移す。

片方には、枝豆とキューブ状に刻んだチーズを、もう片方には塩ひじきとごまを混ぜ込む。

一回めに炊いたごはんで、すでに二種類のおむすびができている。カリカリ梅と塩昆布、刻んだ大葉と鮭フレーク。

桃子さんが氷水に手をひたし、軽く水を拭き取った手で具を混ぜ込んだごはんを握っていく。

リズミカルに、角度を変えて、一、二、三。
三、四口で食べきれそうな大きさの、丸みを帯びた三角形。キッチンバットの上に並んでいくそれを、わたしがラップに包む。まだ熱いうちに、湯気ごと閉じ込める。
簡単そうに見えるおむすびだけど、わたしはまだ桃子さんの代わりに作ることができない。

わたしの握ったおむすびは、硬い。

きちんとまとまっていて、なのに口に入れるとほろっと崩れる。そういう桃子さんのおむすびのようにはならない。

おむすびとか、青菜の炒めものとか、半熟の茹で卵とか。握るだけ、焼くだけ、茹でるだけ、といったシンプルな料理ほど、できない。

力加減、火加減でおいしさが決まってしまうものは、絶妙なラインで止めるのが難しいのだ。

それも実際にやってみてわかったことだった。

「千嘉さん」

わたしは、キッチンとリビングの間の仕切り戸を開けた。

服と本が散乱していたリビングは、見違えるように美しくなっている。

白い壁に映えるダークブラウンの家具は、彼女が二十代のころから古道具屋をめぐって集めたというアンティーク調。カーテンやクッションのファブリックは白か藍色で統一されて、落ち着いた印象。

「リビングに料理を運び込んでもかまいませんか?」

わたしが確認に行くと、「山瀬女史」は本棚の整理をしていた。

ベージュと黒の抽象画みたいなデザインのワンピース。

長い黒髪はラフにまとめてアップヘアに。

山姥の面影などどこにもない。年齢相応の美しさを持った都会の女性だ。

「どうしたの?」

まじまじと顔を見つめていたわたしに、彼女は問う。

「ごめんなさい。あの……メイクってすごいんですね!」

見るのは二度めだが、心から感嘆する。

わたしのメイクは、「社会人としてのマナー」と言われて薄く塗っているだけのもの。顔が変わるレベルの技術は持っていない。

千嘉さんは口の端を上げて言った。

「褒め言葉だと受け取っておくわ」

リビングのテーブルに、ひとまず作り置き分の料理を運び込む。

キッチンワゴンにはのらないので、ここで一覧できるようにして確認してもらうのだ。

四種類のおむすびに、六種類のおかず。具だくさんのスープが四種類。

実家から送られてきたという野菜が大量なので、出来上がった料理のボリュームもかなりのもの。

「うれしい。ロールキャベツ、この前食べたとき、おいしかったのよね」

並んだ料理を見て、千嘉さんは言った。

今回、スープの一つがロールキャベツ入りだった。

「こっちの三つのスープは、冷凍しますね。じゃがいも入りのこっちのスープは、冷凍できないので、先に召しあがってください」

桃子さんがそう言い、粗熱の取れたスープを保存容器に移す。

わたしはそのスープ入りの保存容器とおむすびを二つ、セットにして保存袋に入れた。

あとは冷凍庫から取り出して会社に持っていき、電子レンジで温めるだけだ。

千嘉さんのリクエストは、シンプルだ。

仕事のある平日は、料理ができない。気持ちにも時間にも余裕がなく、たくさん品数があっても食べる気になれない。突発的な外食が入ることもあり、「食べなきゃいけない」というプレッシャーがストレスになるから、冷凍できるもの。会社にも弁当として持っていける、主食と汁ものだけで完結する食事。

大きな冷蔵庫に詰まった桃子さんの料理が、忙しい彼女の生活を支えている。


料理の保存が終わったら、昼食。

サンドイッチにスープ、キャロットラペにりんごのコンポート・バニラアイス添え。

たまにお客さんに誘われて一緒に食事することもあるようだけど、それが毎回の恒例になっているのは、千嘉さんのところだけ。

桃子さんにとって、彼女は特別な顧客なのだ。

お金をいただいて作ったものを、桃子さんとわたしの二人分食べてしまうわけだから、お礼代わりに桃子さんは自腹でデザートの食材を買い足していく。

「おいしい」

スープを口にした千嘉さんは目を丸くした。

「これは塩……とバター？」

「ええ、わたし、じゃがいもが煮崩れてスープにとろみがついたのが好きなんです」

桃子さんが答える。

じゃがいもの種類なんてわたしは気にしたことがなかったけれど、どの料理に使うかによって、品種を使い分けるのだと桃子さんは言った。

今回スープに使ったじゃがいもは、男爵いも。煮ものやスープには煮崩れしにくいメークインのほうが向いている。でも、あえて煮崩れさせたいときは、男爵いもを使うのだという。

鶏肉の旨味を吸い込んだじゃがいものとろみは、こくのあるバターの風味、煮込まれた玉ねぎの甘みと相まって、体を温める。しゃきしゃきしたアスパラガスの鮮やかな緑も、目にうれしい。

主食は、サンドイッチ。厚切りの焼いたベーコンとチーズに、柔らかく甘い春キャベツの千切りをどっさり。

「きちんとした食事をしている」という安心感なのか、野菜を食べると心が落ち着く。

「私、雑誌の『新・東京レトロ』って企画のときに、あなたのおばあさまのところへ取材に行ったの。あなたたちの住んでいる下宿屋を紹介したくって」

サンドイッチを食べながら、千嘉さんが言った。

「見ました！　祖母は知らせてくれなかったから、バックナンバーを見てびっくりして」

わたしは声を弾ませる。

憧れの人が祖母の家に来ていたなんて、運命だと思った。

東京の祖母の家に来るたび、「古い建物だなあ」としか思わなかった下宿屋も、やはり千嘉さんの目を通すと素敵なものに見えてくる。意匠の一つ一つの可愛さ、階段の踊り場にあるステンドグラスから差し込む光の美しさ。自分では気づかなかったきらめきが、いっぱいに詰まっている。

「そのときに、おばあさまに桃子さんを紹介してもらったの。料理だけは上手いから、よかったら仕事を振ってやってくれって」

「すみれさんたら、いつもそう！　料理だけじゃないんですけど！」

千嘉さんの発言に、桃子さんはむくれている。

「本当は、無償で取材に協力してもらったお礼に、一回だけ、のつもりだったんだけど。桃子さんに作ってもらうようになってから、ずっと悩まされてた肌荒れが治ったの。寝不足かな、ストレスかな、って思ってたんだけど、野菜不足だったのね」

千嘉さんは言った。

忙しいときは、母が送ってくる大量の野菜も処理しきれず、傷ませてしまうことがたびたびだった。

代わりに外食や出来合いのものを口にすることが増える。すると、野菜を食べることが減る。野菜は時期によってひどく高くなることがあるし、日持ちしないものが多いし、コンビニ弁当などではおいしい状態で出すのが難しいので、どうしてもそうなってしまう。

「桃子さんに来てもらうようになって、肌の調子も体調もいいし、痩せたの」

「でもそれは、ご実家が野菜を送ってきてくださるからですよ。あの量をこちらが用意しようとすると、料金が高くなって躊躇《ちゅうちょ》しちゃうもの」

桃子さんが言った。

「そうね……」

千嘉さんの声が低くなる。

彼女は黙ってスープの底をスプーンでさらっていた。

数拍の間のあと、彼女は顔を上げてわたしを見た。

「季実さん。前回、今回とうちに来て、あの量、どう思った？」

「え……お、多いですよね」

内心、緊張しながらわたしは答える。

前回も今回も、三分の一は料理をせずに桃子さんが引き取っている。

「そうよね、多すぎるのよ。キャベツ三玉なんて、食べきれないし、桃子さんがいなきゃ腐っていくだけ」

千嘉さんの目がじわじわとうるんでいくのを見て、わたしは内心、ひどく慌てていた。

あ、あ……、と息をひそめて見ているうちに、盛り上がった涙が目じりからこぼれた。

大人が泣くのを見ることがほとんどなかったので、うろたえてしまった。

呼吸を整え、彼女は苦しげに言った。

「一事が万事、この調子なの。うちの親」

何のアドバイスもいらないから聞いてほしい、と彼女は語り始めた。


千嘉さんの故郷は、千葉県の農村。

近年は春に美しい菜の花畑を見ようと人がやってくるようになった場所だ。

「本当にど田舎」

千嘉さんはそう言う。

「世の中ってどんどん変わっていくんだって思うでしょう。でも、変わってるの、都会だけなんだよ。田舎は、そこから十年、二十年遅れてると思ったほうがいい。大学進学するとき、近所の人に言われたもの。『女の子なのに四大行くの？』って」

幸い、両親は「女は短大で十分」とは言わず、四年間通わせてくれた。

東京の出版社に就職が決まり、東京で暮らすことになると、当然、実家からは足が遠のくようになる。

同時にそのころから、それまで大きな問題にはならなかった両親との「わかりあえなさ」が、どんどん表面化していくことになる。

「いつも野菜をありがとう。でも、食べきれないし、疲れて料理できないことも多いから、もういいよ」

と言えば、

「野菜は食べなきゃだめだ。食べられないなんて、どんな生活をしてるんだ」

「女が料理もできないほど働かされるなんておかしい。早く結婚して楽な仕事に変えろ」

と返ってくる。

「いつ結婚するんだ」

そう何度も訊かれるようになったころ、

「わたしは結婚しなくていい。だれとも一緒に暮らせないとわかった」

と答えれば、

「結婚しなくていいなんて負け惜しみだ」

「一人がいいなんて、そんなはずない。老後はどうするつもりなんだ」

と言って、娘の帰省に合わせて農協の男性を自宅に呼び、結婚させようと画策する。

「出版社を辞めて、自分の会社を作った。自分で本を書いて、フリーの編集者としてやっていく」

と報告すれば、

「女が一人でやっていけるはずない。結婚もせず、会社も辞めて、考えなしにもほどがある」

と嘆き、勝手に娘が戻ってくること前提でリフォーム計画を立て始め、同居している弟夫婦と揉める。

昔から結婚願望は薄かったこと、仕事が大好きであること、今はセンスを認められて地方の自治体のＰＲの仕事も受けるようになり、会社は軌道に乗っていること。どんなに言葉を尽くしても、「そんなはずない」で終わってしまう。

「両親の言いたいことも、わかるのよ」

ぽろぽろっと再び涙をこぼし、千嘉さんは言った。

「うちの親の世代って、たぶん本当にそうだったと思うのね。女の人の給料は今よりずっと少なくて、女の経営者も少なくて、結婚しないで生きていくのが難しかったんだと思う。田舎は、今もそういう傾向が強いだろうし」

それでも、その伝わらなさ加減に打ちひしがれてしまう。野菜のお礼のメールや電話をするたびに、同じようなやり取りを繰り返さなければならないこと、いつまでも「不十分な娘」扱いをされることに、ほとほと嫌気が差している。

両親の送ってくる野菜に、確かに助けられている。

でも、それは桃子さんの手を経なければ口に入らないもの。自分一人の手には余る代物。

両親の愛は、いつもそういう形でしか千嘉さんのところに届かない。


千嘉さんの家から別のお客さんの家へ移動して、また料理。

十七時少し前に本郷に帰ってきた。

日がだんだん長くなってきたとはいえ、十七時ともなると薄暗い。門の隣の通用口の鍵を開け、家の敷地内に入ると、下宿屋の食堂に明かりがついているのが見えた。おばあちゃんが来ているのだ。

玄関のドアを開け、ただいま、と言いかけた桃子さんが途中で言葉を呑《の》み込み、わたしを振り返る。

「お電話中みたい」

声をひそめて言う。

うなずいて、無言で靴を脱いでいたわたしは、眉を寄せた。

おばあちゃんは耳が遠くなっているのか、電話になると大きな声でしゃべる。

「ほっときな！」「あんたはいちいち心配しすぎなんだよ」「ああ、そりゃ悪うございました」……

漏れ聞こえる喧嘩腰の物言いだけで、電話の相手がわかってしまった。

カッと耳が熱くなる。

恥ずかしいし、いたたまれない。

「ただいま～」

電話はすぐに終わったらしい。

桃子さんが言いながら食堂のドアを開けると、おばあちゃんはテーブルでティーカップを手にしていた。携帯端末がテーブルの上に置かれている。

「ただいま。……あったかい！」

暖かな空気に包まれて、わたしは声を上げる。

帰ってきたときに家の中が暖められているありがたさ。それは、両親の家を出て初めてわかったことだ。

「お帰り。冷蔵庫の中を見てごらん」

桃子さんに向かって、おばあちゃんは言った。

桃子さんと一緒に冷蔵庫をのぞくと、今朝にはなかった大きなステンレスの鍋が鎮座していた。鍋は桃子さんのものだけど、彼女は昨晩から使っていない。

冷えきった鍋を取り出して、ふたを開ける。

濁った汁の中に浮いた、五つの茶色っぽい塊。

「わ、筍《たけのこ》！」

桃子さんが声を上げた。

「またもらったんだよ」

ティーカップを口に運びながら、おばあちゃんが言った。

九州に住む友人に竹林を所有している人がいて、春になると大量の筍を届けてくれるのだ。

これまでにも何度かもらっていて、桃子さんはそのたびにせっせと米ぬかで茹でていた。

「わあ、うれしい！　もうあく抜きしてある！　今日、菜の花をいただいたんです。夕食は菜の花と筍で天ぷらにしましょうか。春の味！」

声を弾ませた桃子さんの笑顔は、おばあちゃんの次の一言で消え失せた。

「茹でたのはあんたの旦那だけどね」

ぎょっとした桃子さんに、おばあちゃんは涼しい顔で言う。

「たくさんあるから引き取らないかって連絡したら、ここで全部茹でてくれたよ」

「えっ、旦那さん、近くに住んでるの？」

わたしは驚いて声を上げた。

桃子さんはお酒を飲むとよく「再婚したい……関西弁じゃない男の人と……」とくだを巻くし、離婚する前は関西に住んでいたという。相手は関西にいるものだと思っていた。

「旦那じゃなくて『元』旦那です！」

わたしに向かってぴしりと訂正し、うろたえた様子でおばあちゃんに向かって言いつのる。

「というか、どうして連絡先を？　いやだ、わたしのキッチンなのに！」

冷たい鍋を手にしたまま、半泣きでうろうろとキッチンの中を歩きまわる。

「だめですよ。あの人、まだわたしのこと好きなんだから。五年も経ってるのに」

「向こうも同じこと言ってたよ。『あいつはまだ俺に惚れてる』」

「何言ってるの！　ずうずうしい！」

憤慨する桃子さんに、おばあちゃんが肩をそびやかす。

「自分の発言も省みるんだね」

立ち上がったおばあちゃんは、お湯を沸かしなおしてお茶を淹《い》れてくれた。わたしの顔を見て言う。

「顔が元気になってきたね」

「……そうかな？」

そう答えたけど、確かに鬱々としている時間は減った。

「暇になると、余計なことを考えるものだよ」

それだけ言って帰ろうとしたおばあちゃんを、わたしは引き止める。

「さっきの電話、お母さんだよね」

「ああ」

「……何回もかけてきてる？」

「まあね」

しばらく忘れていた苛立ち、身の置き所のなさで、胸の内を占拠されてしまう。

おばあちゃんはあっさり言った。

「いいんだよ。あの子は心配するのが趣味なんだから」

「趣味⁉」

わたしが訊き返すと、おばあちゃんは眉を上げて、もう一度椅子に腰掛けた。

「あんた、お母さんに心配してほしい？」

「してほしくない」

「じゃあ、何をしてほしい」

「……何も」

一年は生活の心配をしないでいい、と言ってくれただけで十分だった。

たぶん、経済的に頼れなければ、わたしは離職に踏みきれずに消耗する一方だった。もし踏みきったとしても、焦燥感でいっぱいになってどんどん追いつめられたはずだ。

ありがたい、のだ。

だから余計に、心配をかけていることが苦しい。

「してほしくないことを勝手にしてるんだから、趣味だろ」

「……」

「プレッシャーになるだけで、何の役にも立たない」

おばあちゃんの物言いには、容赦がない。

本当にその通りだとも思うけれど、むくむくと反発もわいてくる。

「お母さんはおばあちゃんに心配してほしかったんじゃないの。自分がしてほしかったことをしてる、って言ってたし」

不思議とお母さん側に立ってしまう。おばあちゃんはふんと鼻を鳴らした。

「あいにく、あたしもそうなんだよ。過保護で過干渉の母親に手を焼いたから、極力口出ししないようにしてるんだ」

「ひっ。負のループ……」

「じゃあ、また夕食のときに」

おばあちゃんが去っていく。

桃子さんは、なぜか筍の鍋を持ったまま、窓際に立っていた。

「どうして静かだったの」

冷めたお茶を飲みに来た彼女に訊く。

「わたしが自分の親の話をしたら、みんな口をつぐんじゃうじゃない」

くわしい事情は知らないけど、彼女は親と絶縁しているのだった。

確かに彼女がその事情を話しだしたら、きっと親の愚痴なんて言えなくなってしまう。


氷水を張ったボウルに手を入れる。

肌を刺すような冷たさ。

慌てて手を引き抜き、ふきんで軽く水分を拭ったら、豆ごはんを左の手のひらにのせる。

両手を組み合わせるようにして中にごはんを閉じ込めたら、角度を変えて、一、二、三。

キッチンバットに三つめのおむすびを並べる。

「あら、上手になってきたんじゃない?」

野菜を持ってきた桃子さんが言った。

彼女の手がおむすびを一つ取り、半分に割る。

「ほら、簡単に割れた」

半分をわたしに寄越し、残りの半分を口にする。

わたしも食べてみる。かじると、米のかたまりがほろりと崩れる。最初に感じるのは、青い風味と塩気。噛めばグリーンピースがぷちっとつぶれて、青い匂いと炊いた豆特有のねっとりした食感がやってくる。そして、遅れて現れるごはんの甘み。

最初に作ったおむすびは、硬く握りすぎて食べにくかった。それに比べたら格段の進歩。ごはんを炊くたびに三つ分だけおむすびにして練習していた、その成果だ。

「おいしい、気がする……」

「うん、おいしい、おいしい」

桃子さんが褒めてくれる。

彼女が持ってきたのは、下茹でした菜の花に、ざく切りにしたキャベツ。千嘉さんから引き取った野菜の、冷凍保存する分だ。

「やっぱり多すぎるわよね、この六倍あったんだもの」

「でも、食べられないなんておかしい、って言ってたんでしょ。すごい大食いの一家なのかな？」

「その可能性はなきにしもあらず……だけど、単純に、ご両親は二人とも、一人暮らししたことないんだと思うわ。一人で一週間にどのくらい食べられるのか、わかってないのよ。農家だっていうから、たぶん、野菜をまとめ買いすることも少ないだろうし」

「なのに、千嘉さんに文句つけてたの⁉」

によって。

愕然とする。

千嘉さんの話を聞いている間、腹が立って仕方なかった。たぶん、千嘉さんとは別の憤り
十分じゃないか、と思ったのだ。

だれもが知っている大学を出て、出版社でばりばり働き、名を知られて、その素敵な世界観を多くの人に支持されて。自分にできないことは人を雇ってフォローするだけの能力と財力があり、好きなものを集めた部屋で暮らしている。

それなのに、まだ足りない？　彼女でダメだっていうなら、わたしなんかどうなるの？

そういう気持ちでいっぱいだった。

何よりわたしは、他人の目にする世界を変えるような力のある人が、時代遅れの陳腐な発想に悩まされているのが、苦しくて仕方ない。

「そうねえ。さっき、すみれさんが言っていたこととも通じると思うんだけど……結局、人は自分の人生しか生きられないってことだと思うのよ」

水切りした菜の花をラップで包みながら、桃子さんは言う。

「一人が淋しいって思う人は、一人がいいって気持ちはわからないし、過保護の過干渉に辟《へき》易《えき》してきた人は、親にかまってほしいって気持ちは理解できない。結婚して家庭を守ること

が幸せな人にとって、結婚しないで仕事に忙殺されてることは幸せじゃないのよ。もちろん、自分とはちがう感じ方をする人がいる、ってことは知っていても、心の底から腑に落ちるわけじゃないのね」

「女が女がって、言いすぎだよ。千嘉さんの親」

「少なくても、千嘉さんのご両親にとっては、それが本当のことなんでしょう。女の人が一人で生きていくのが難しい場所って、今も確かにあると思うし。ご両親が愚かだって話じゃなくて……みんな、多かれ少なかれ、自分の経験とか知っている事例を基準にしてしか、考えられないいんじゃない?」

「じゃあ、千嘉さんの親は変わらない?」

「たぶんね」

　絶望的な気分になる。

「……何かわたしにできることある?」

「ごはんを炊くことくらいじゃない?」

　桃子さんの返答にわたしはむっとした。

「ふざけてないし、馬鹿にしてもいないわよ」

　桃子さんは笑う。

「千嘉さん、〈みなづき〉の最初のお客さんなの」

おばあちゃんの紹介で桃子さんに料理を頼むようになった彼女は、働く女性として、桃子さんにたくさんの助言をくれた。

「リーフレットは、ビジュアルで具体的に見せたほうがいいよ。三時間でどれくらいの量を作ってもらえるのか、例として写真撮って」

とか、

「始めたばかりで仕事がほしいのはわかるけど、一人でやるんだから、客は選ばないとだめ。変な男の人に呼ばれたらどうするの？　家に入っちゃったら逃げにくいでしょう。女性限定の紹介制にしたほうがいいと思う」

とか。

システムの多くは彼女のアドバイスによってできたものだし、友人や知人を紹介してくれて〈みなづき〉を支えてくれた。

「だから、彼女が泣いていると、わたしも悲しい」

桃子さんはつぶやいた。

「でもねえ、変わらないご両親とどう付き合っていくかを決めるのは、千嘉さんでしょう。我慢して今まで通りを続けるか、距離を置くか、縁を切るか。他人ができることって、『こうしたらうまくいったよ』って方法を話してあげることくらいだと思うけど、わたしにそれは無理だし」

　だから、できることは、今まで通りに料理することだけ。

　炭水化物は、脳や体を動かすエネルギーにもなる。たんぱく質は体を修繕し、皮膚や髪、爪を健やかに美しく保ってくれる。ビタミン、ミネラル、脂質。さまざまな栄養は体を丈夫にして、心も落ち着かせる。

　でも、米もじゃがいももも、大豆も菜の花もにんじんも、そのまま食べることはできない。料理をすることは、体と心を支える栄養を「食べられるもの」に変えること。千嘉さんの場合は、両親の愛を翻訳すること。

　彼女が健やかであるように、生きがいとも言える仕事に心おきなく取り組めるように、人生を楽しめるように。

　そして、できれば、ただ栄養を摂るだけでなく「おいしい」という幸福感で彼女が満たされるように。

　そう願いながら彼女のために料理をすることが、自分にできるただ一つのことだ、と桃子さんは言った。

「千嘉さんのために一つでもできることがあって、よかったと思ってるわ」

三月に入ると、先週までの震えるような寒さが嘘みたいに暖かくなった。

朝起きたときから日差しは明るくて、空気も柔らかい。

街ゆく人の服装も、明るい色合いのものが増えた。

「もう、つらくなっちゃって。前回、親にお礼の電話もメールもできなかったの」

二週間ぶりに会った千嘉さんは、いつもの山姥スタイルで肩をすくめた。

「そうしたら電話がかかってきて、『仕事で忙殺されて受け取れなかったんじゃないか』『そんな仕事はすぐに辞めろ』っていつもの流れになってね」

ダンボール箱を前に深々とため息をつく。

「『もう野菜は送ってこなくていい!』って、電話で喧嘩別れみたいになったんだけど、野菜はいつも通りに来たわ」

おどけたような口調だったけれど、徒労を感じているのがわかった。

中には今回もたくさんの野菜が詰まっている。

春キャベツ三玉、大量の菜の花、アスパラガスにじゃがいも、絹さや、カリフラワー。

きれいな野菜を選び、汚れを落として新聞紙にくるみ、ダンボール箱に詰めて、集荷を依頼して。月に二回。年に二十四回。二十年なら四百八十回。

家族だけでは食べきれないし、周りもみな農家で状況は同じだから引き取り手がない。そんな理由なのかもしれない。

でも、それだけで二十年、手間を続けられるものではない。

愛は、あるのだ。

娘の望まないやり方であったとしても。

「ちゃんとごはん食べてる？」「風邪ひいてない？」「働きすぎじゃない？」

挨拶のようなそれも、「愛してる」の代わりなのだ。

子の健康を支える食べものを送ってくるのは、愛の実行なのだ。

でも、愛には受け止められるものと、そうでないものがある。愛だからといって、すべてを受け止めなければならないわけでもない。

その日、寿司飯を作る桃子さんに代わって、わたしは初めてお客さんのおむすびを握った。

シンプルな塩むすびに、小葱と揚げ玉のたぬき飯、アスパラと鮭、梅と大葉とじゃこ。

美しい世界を見せてくれたあの人が、元気でいてくれるように。トラブルと戦える力になるように。ほんのひとときでも、うれしいと思ってくれるように。

ただ、言われるがままに、あるいは、自分の心を落ち着かせるために、「生産」していたわたしのごはんは、初めて人のためのものになった。

その日、ランチのために桃子さんが作ったのは、ちらし寿司だった。

酢飯に煎《い》り胡麻とじゃこを混ぜ込み、上には茹でて色止めした鮮やかな緑の菜の花と、炒《い》り卵。菜の花畑の色合いだ。

炒り卵を、桃子さんは湯煎《ゆせん》で作った。

フライパンに張った湯の上で、ボウルに入った砂糖入りの卵を、菜箸四本を使ってゆっくり混ぜていた。面倒でも、この方法で作ると、卵がぱさつかない。しっとりとしてつややかな炒り卵が食べられるのだという。

絹さやと豆腐、筍のお吸いもの。春キャベツと豚肉の炒めものに、新玉ねぎとアスパラのかき揚げ。デザートはいちごを閉じ込めた透明なゼリー。

テーブルの上に並んだ食事に、千嘉さんは声を弾ませた。

「わ、今日はいちだんときれい！　春らしい！」

エプロンを外したわたしは、バッグの中から葉書を取り出した。

テーブルの上に、ちらし寿司と並べておく。

「これ、わたしが自分のために作ったものなんですけど……よかったら使ってください、同じメニューもあるし」

「ありがとう。あら、料理の写真？　よく似てる……」

千嘉さんが葉書とテーブルの料理を見比べる。

菜の花のちらし寿司を始めとする料理の写真を取り込み、ポストカードとして仕上げたものだ。

「電話やメールだと、話が続いちゃって困るし、まったく連絡しないのも角が立ちそうだし。これで『もらった野菜、こうやっておいしくいただきました。ありがとう』って知らせたらいいんじゃないかと思って」

千嘉さんはぱちぱちと目を瞬かせて、わたしを見ていた。

そして葉書に目を落とし、つぶやく。

「そうね……『受け取りました、ありがとう』って伝えたかっただけなのに、結局いつも、そこから言い合いになるから」

桃子さんが口を開いた。

「受け取れるものは、受け取ればいいと思います。愛だと信じているものを、全部拒否されたら、ご両親も悲しいと思うから。ご両親に会いたくなるまで、千葉には帰らなくていいし、食べきれないものはわたしたちがいただきますし。こうやって野菜のお礼だけ伝えるようにしたらどうですか。また新しく千嘉さんが本を作ったときは一緒に送って」

「……うちの親は本を読まないよ」

「読まないなら、なおさら。本を読まない人にとって、本って権威だから。うちの娘はこういう仕事をしてる、って実物で見せられるのは強いですよ」

千嘉さんは少し考えるようにしてから、桃子さんとわたしを見た。

「……あとで、一緒に本を選んでくれる？　最近出したもののうちから、親にも受けそうなのを」

「もちろん」

桃子さんとわたしは声をそろえて言った。

古い建物が好き。庭園が好き。お菓子が好き。仕事が好き。「好き！」にあふれたポジティブなムード。

彼女の目を通して見えるきらきらした世界と、それに彩られた人生。

それが、少しでも彼女の両親に伝わることを願う。

ポストカードは、数日前、両親に送るために作ったのだ。

菜の花のちらし寿司に、絹さやとわかめ、筍のお吸いもの。アスパラと新玉ねぎ、豚肉の炒めものに、今が旬の甘夏のゼリー。

自宅で桃子さんと作った料理の写真を撮った。


下宿屋で一緒の桃子さん（出張料理人）とごはんを作りました。

朝起きられるようになって、少しずつ、料理のお手伝いもしています。

ちょっと元気になってきた気がします。

季実

心配しないでくれと言っても無理だと思うから、そうした。

両親に手紙を書くなんて、これまでに一、二回、学校でやらされただけの行為で、なんとも気恥ずかしい。

でも、モノとして、見える形にしたほうがいい気がした。

特に母は、少しは安心してくれるんじゃないかと思う。

料理は、生きるための前向きな行為だ。気力・体力がないと、できない行為でもある。

毎日、父とわたしのためにごはんを作ってくれていた母は、そのことをよくわかっていると思うから。

弥生

情熱のポモドーロ

雨が降っている。

目覚めた瞬間、それがわかった。

カーテン越しの光はくすんでいたし、さあさあと雨音がする。

時計を見ると、六時少し前。

最近、目覚まし時計が鳴る前に目が覚める。自然で心地よいこの目覚めが、本当に久しぶりで、安心する。

会社に勤めていたころは、疲れの取れないまま、吐き気をこらえながら無理やり体を起こしていた。辞めたら辞めたで、今度は生活リズムが狂って昼夜逆転し、午後に目覚めて絶望的な気分になっていた。

わたしは生真面目すぎるのだと思う。「ちゃんと朝起きるべき」「一刻も早く働くべき」という「べき」思考が強すぎる。「自由気ままな無職生活」を、楽しむどころか罪悪感ばかり抱いていた。

「おはよう」

洗面所で顔を洗い、食堂に顔を出す。

「おはよう」

ダイニングテーブルで新聞を読んでいたおばあちゃんが応える。

「季実ちゃん、最近早起きね」

コンロに向かっていた桃子さんが言う。

二人ともすでに着替えて身支度を済ませていた。

「そうなの。ちゃんと起きられるのがうれしくて」

「外へ出るようになったからだよ」

おばあちゃんが言った。

「そうかも。おばあちゃんの散歩とか桃子さんの仕事についていくだけでも、体動かすことになるし」

おばあちゃんの散歩はゆっくりだけど、本郷は坂道や階段が多いから結構体力を使うし、出張料理のときは食材や調理道具を運び込むのに階段を往復することもある。

外へ出るようになってから、寝付きがよくなった。なんとなく体の奥がうずうずとして、久しぶりに走ってみようかな、という気分になってくる。

「季実ちゃん、これをテーブルに運んで、お皿に中身を出して」

桃子さんがカウンターにトレイを置く。

重ねた小皿と、小瓶がいっぱい。

「あっ、今日はトーストパーティ？」

カウンターに置かれたトースターを見て、わたしは声を弾ませる。トースターの内部にはオレンジ色の光が灯っていて、六等分した食パンを二枚分、焼いているのが見える。

小瓶のふたには、桃子さんの手書きのラベルが貼ってある。

いちごジャム、柚子のママレード、チョコナッツペースト、レモンカード。

市販のピーナツバターやはちみつ、海苔の佃煮の瓶もあれば、ピザ用チーズの入った保存容器もある。すり胡麻、梅干し、マヨネーズ、ケチャップも追加された。

手を洗いに行ったおばあちゃんと二人、小皿に中身を移す。

「飲みものは、季実ちゃんの好きな黒糖入り」

言いながら、桃子さんがマグカップを運んでくる。

「うれしい」

なみなみと注がれたミルクコーヒー。家では黒糖を使う習慣がなかったから、その独特の風味と甘みに驚いて、すっかり好きになってしまった。

テーブルに並んださまざまなトッピング。桃子さんが木の皿に盛ったミニトーストを出してくると、不思議なくらいわくわくする。

　おばあちゃんが顔をしかめた。

「海苔の佃煮はないだろう」

「それがね、すみれさん、意外に合うんですよ。こっちのトーストする前のパンに海苔の佃煮塗って、チーズのせて焼くんです」

「うち、たまにお母さんが味海苔とチーズとしらすでトースト作ってたよ。わたしも海苔は合うと思う」

　あれこれとトッピングを試し、感想を言い合う。

　パンが足りなくなると、わたしがトースターで焼いた。

　桃子さんから教わった通りに、霧吹きで水を吹きかけ、トースターに並べる。パンは作ってからどんどん水分が抜けていくので、焼く前に水分を補ってあげる。そうすると、ふんわりもっちりした食感が増すのだという。

　パンを小さく切ってあるので、いろんな味を試してもおなかに余裕がある。

「すり胡麻とはちみつ、意外においしかった！　次は梅干しとマヨネーズ、やってみようかな」

「梅なら、チーズも合うんじゃないかしら」

「季実、ついでにこれも焼いてきておくれ」

「おばあちゃん、急にチャレンジャーになっちゃって。マヨネーズといちごジャム……危険じゃないの？」

仕事のための試作をする日は別として、桃子さんが本格的に料理をするのは一日一回だけだ。

たいていは夕食。

朝食は、前の晩の残りもの。新しく作るとしても、飲みものか味噌汁くらい。

栄養バランスは一日、あるいは二日間の中で取れていればいい、という考えなので、前の晩に残りものがないと主食だけの「トーストパーティ」か「卵かけごはんパーティ」になる。

これがとても楽しい。

彩り豊かで野菜や肉・魚がいっぱいの料理が出てくるときとは、また別のうれしさがある。

桃子さんは「～べきだ」という考え方をあまりしないらしい。

外食はめったにしないけど、インスタントラーメンで済ませることもあるし、「さあ、好きなものをどうぞ！」と言ってレトルトカレーの箱を並べてくることもある。「ねえねえ、

『てりたまバーガー』発売ですって！　明日のお昼はそれを買ってきましょうよ！」とうきうきしながら言ったりもする。

料理を仕事にしている人は、栄養とか添加物を理由にして、インスタント食品やファストフードを食べてはいけないと言うものだと思っていた。

それを言うと、彼女はあっさり答えた。

「そりゃあ、毎日これだったら心配になるけど。なんでも『そればっかり』とか『食べすぎ』がよくないだけよ。禁止事項が多いと息が詰まるじゃないの」

どのメーカーも食品市場を生き残るために日夜研究を重ねているんだから、その成果は遠慮なく享受すればいい。そう言うのだった。

「それにねえ、わたしの作るものはおいしいけれど、毎日食べていたら自分の味に飽きることもあるわよ」

「そうなの？」

「そうなの」

毎日食べていたお母さんの味に飽きるなんてこと、なかったけどな。

不思議に思ったけれど、それは自分が作る側じゃなかったからかもしれない。

食堂のキッチンスペースは、桃子さんの城。

窓にはめ込まれているのは、昭和の建物によくある模様の入った磨《す》りガラス。カウンターには青い花の描かれたタイルが貼られている。

壁には、大小二つのフライパンに、植物を編んで作られた笊《ざる》、フライ返しに、おたまにトング。棚にはボウルやせいろが積み重ねられ、桃子さんの作ったジャムやオイル漬けの小瓶が並んでいる。

桃子さんは、料理をしないときも、たいてい食堂にいる。テーブルでノートに記録をつけたり、手帳にスケジュールを書き込んだりしている。というのも、彼女の部屋にはテーブルや机がないからだ。備え付けのベッドとクローゼット以外、何もない。三年も住んでいたとは思えないくらいだった。

朝起きられるようになったわたしが、「何か手伝うことある?」と食堂に顔を出すと、「お菓子作ろうか!」と言い出すこともある。

その日も、おばあちゃん家《ち》の掃除の手伝いを終えたわたしが顔を出すと、スコーンを焼くことになった。

「今日はずっと雨なのかしら。二時からお仕事なのだけど」

調理台で細かいキューブ状にしたバターを粉類とすりあわせながら、桃子さんが言う。同じようにバターを粒状にしながら、わたしは答える。

「降水確率、午後も夜も八〇％だった」

「じゃあ、やまないのね。でも、いいわよね。春の雨は、陰鬱にならなくて」

わたしは窓の外に目をやる。

雨にもちがいがあるのか、と思った。

もちろん、わたしだって「すごく濡れる」「ちょっと濡れる」くらいのちがいは気にしたけど、濡れる度合いでしか見たことがなかった。

でも、確かに雨音も細かくて柔らかい。街をふんわりと包むような感じがする。

「この時期の長雨のこと、菜種梅雨《なたねづゆ》って言うんですって。菜の花の時期だから」

「明るい感じがするね」

「そうね。きれいな言葉だわ」

冷やした卵と砂糖、ヨーグルトを加えて桃子さんが混ぜ、できた生地をわたしが木の棒で伸ばす。折りたたんで伸ばす、を繰り返す。

層を作ることで、スコーンが膨らみ高さが出るのだという。

作業をしていると、胸の内がしんと静まっていく。

掃除をしているときもそうだ。

やると、掃除は「きれいになった」、料理は「食べられる」というご褒美があるけれど、それだけではないのかもしれない。

あちこちに散らかっていた胸の中のいろんなものが、あるべき場所に落ち着いていく感じがする。

そして、夜中だけでなく、いつやっても、自分は「正しいこと」をしている、という安心感がある。わたしみたいに「～するべき」思考の強い人間には、これはとても役立つのかもしれない。もし朝起きられなかったり、何か失敗したりしても、掃除や料理をしたら、自分を嫌いにならずに済むのかも。

「冷たい状態から焼く、っていうのがおいしいスコーンのコツだから。できるだけ手で触らずに、包丁で移して」

桃子さんに言われ、正方形に切り分けた生地を、シートを敷いたオーブンの天板に移していく。

あらかじめ温めておいたオーブンに天板を入れ、二枚めの天板に残りの生地を並べ始めたところで、突然、電子音が鳴り響いた。

　桃子さんの携帯端末だ。

「あら、上原《うえはら》さん」

　画面をのぞき込んだ桃子さんが言う。

　わたしも知っているお客さんだ。

　でも、珍しい。〈みなづき〉の予約はメールで受け付けるし、桃子さんから打ち合わせの電話をかけることはあっても、お客さんから電話がかかってくることはめったにない。

　電話がかかってくるのは、緊急事態のときだ。

「はい、〈出張料理みなづき〉でございます」

　手を洗った桃子さんが応対に出る。

　はい、はい、大丈夫ですよ……と答える桃子さんの声。その合間から聞こえてくる上原さんの、声とは言えない気配のようなものが、ひどく不安定に感じられる。

「急だけど、上原さんのお宅にうかがうことになったわ。スコーンを焼き終わってからでも大丈夫だけど、一緒に来る？」

　桃子さんが訊ねる。

「手伝うことがあるなら。……何かあったの？」

「それがね……」

桃子さんは困惑したように言った。

「どうしても、どうしても、床のトマトが拾えない――んですって」


上原陽奈《はるな》さんに初めて会ったとき、思った。

姫がいる！

高校生と中学生の息子さんがいると言っていたから、たぶん、わたしの母と年齢はそんなに変わらないはずだ。

なのに、彼女はお姫さまだった。

巻かれた栗色の長い髪はつやつやとしていた。きれいに化粧した肌に、桜色に塗った飴玉のような質感の爪、凝ったレースのついた服。若作りというのではなくて、お姫さまが年を重ねたらこんなふうだろう、と思える自然な可愛らしさ。

ロマンチックなインテリアに彩られたリビングには、白いグランドピアノがあった。家も姫テイストなのだ。

「お料理は好きなの。料理教室にも通っていたんだけど、料理教室って、全部は自分でできないでしょう？　みんなで手分けして作るから。桃子さんには一対一で教えてもらえるし、自宅の家電を使ったやり方を教えてもらえる」

最初に会ったとき、わたしにそう説明した。

桃子さんに料理をしてもらうのではなく、一緒に料理を作る。その後は食事かお茶をして、陽奈さんの好きな宝塚歌劇団のブルーレイを一緒に見ながら好きなタカラジェンヌについて語る……という三時間を毎回過ごしているのだという。

出張料理の利用目的もいろいろだ。

教えてもらったインスタグラムのアカウントには、美しい料理の数々が並んでいた。

木の芽をあしらった小鯛の手鞠寿司、サフランライスに魚介がぎっしり詰まったパエリヤ、豆皿に並んだおかずが可愛い朝定食。

今日のランチは、スパゲティ・アル・ポモドーロ！

トマトソースのパスタは、恋人だったころ、夫に初めて作ったもの

大絶賛されてうれしかったなあ♡

あのころと変わらず、喜んで食べてくれる夫に感謝☆☆

そんなコメントとともに投稿された写真には、バジルらしき葉をあしらった鮮やかなパスタに、削ったチーズのたっぷりかかったサラダ、野菜をふんだんに使ったピザが並んでいる。

毎日がごちそうといってもいい、充実した食生活。そして、「料理が好き！」「夫が好き！」「息子たちが好き！」というのがにじみ出ているアカウントだった。

部屋に飾られている写真を見る限り、旦那さんも息子さんも、スポーツマン風の美男子。

その家族設定からして、おとぎ話のようだった。

「結婚して二十年経っても大好きなんて、すごいわよね」

上原家にわたしが初めて同行した日、帰り道に桃子さんはそう言った。

素直に感嘆していた。

離婚した彼女には、また思うところがあるのだろう。


上原家を訪れると、姫は泣いていた。

とろりとした質感のブラウスに、ツイード素材のスカートを合わせ、髪はつややかに巻かれている。

タオルを握り締めて、目を真っ赤にしているところだけが、いつもとちがっていた。

アイボリーに淡いグレージュで統一されたリビングは、広い。

入口から向かって左手は、ソファとローテーブル、テレビで構成されたスペース。右手はカウンター式キッチンとダイニングテーブルで構成されたスペース。

桃子さんがすたすたとリビングを横切って、キッチンに近づき、中をのぞき込む。

「あらあら」

ダークブラウンの床に、トマトが五つ転がっていた。

落ちた拍子につぶれたのか、かすかに汁を散らしたトマトもある。

「ごめんなさい」

声を震わせて、陽奈さんは言う。

次々に湧き出る涙が、頬を流れていく。彼女は二つのスペースのちょうど中間に立っていて、決してキッチンに近づこうとしなかった。

桃子さんが首をかしげる。

「どうしてわたしに謝るんですか？」

「だって食べものをこんなふうにした」

それも桃子さんに謝る理由にならないと思うのだけど。

「拾えない」

陽奈さんが涙をタオルで拭った。

「どうしても、拾うことができないんです」

わたしは、身をかがめた。

一つ、二つ、三つ……手に取る。

五つすべてを拾い、調理台の上に置いた。

「キッチンペーパーお借りします」

そう言って、床にかすかについていたトマトの汁を拭き取る。

簡単だった。あっという間に終わった。

それなのに、決してそれができないというのだ。普通の状態ではない。

「今日はわたしたちだけで作りますね」

桃子さんが言うと、陽奈さんはぎこちなくうなずいた。抑えていたものを吐き出すように、
彼女は言った。

「もう料理したくない……！」

冷蔵庫に冷凍庫、パントリー。

キッチンのあちこちを見て、賞味期限の近い食材を桃子さんは全部出してきた。

鍋にお湯を沸かしながら言う。

「季実ちゃん、冷凍庫にあったトマトを洗って。それだけで皮が剝けるから」

彼女の言う通りだった。カチカチに凍ったトマトは、水道水をあてて撫でるだけでするするとおもしろいように皮が剝ける。

「すごい、洗っただけなのに」

「湯剝きするより楽でしょう。すぐに使わないトマトは皮にちょっと切り込み入れて冷凍庫に放り込んでおくといいわよ」

言いながら桃子さんは、ボウルに入れた生のトマトに熱湯を回しかけた。

しばらくしたら、氷水の中に移して皮を取る。

冷凍トマトは半解凍の状態になるまで放っておき、その間に生トマトと玉ねぎ、セロリを刻む。

前もって献立を決めて手順を組み立てていく、いつものやり方とはちがう。

その場で食材をかき集めて何を作るか考えることになった。

それでも、桃子さんはすぐにメニューを決めたらしく、手つきにも指示にも迷いがない。

今回は次の仕事があるため、一・五倍速を意識していた。自然と口数が少なくなる。

遠くからテレビの音が聞こえる。

陽奈さんにはキッチンから離れ、ソファにいてもらうことにした。

いつも一緒に料理をしていた彼女は、キッチンで手持無沙汰《てもちぶさた》でいるのを申し訳ないと思ってしまうだろうと思ったから。

彼女が泣きながら語ったことは、きっと、家庭で料理をする人たちに共通する叫びだった。


「すごいな、おいしい！」

まだ恋人だった夫に、初めて料理をふるまったときの、胸のときめき。

まだ小さかった息子たちが、夢中になってシチューを食べてくれたときの幸福。

「うちの母さん、料理うまいだろ」

家に連れてきた友だちに、息子がこっそり言っているのを聞いたときの誇らしさ。愛する夫を、幸福にしたかった。息子たちには、元気で大きくなってほしかった。

新しいことを学んで実践するのは楽しかったし、やりがいもあった。

ママ友に誘われて始めたインスタグラムで、料理の写真に「いいね！」をもらえるのも、うれしかった。

料理は好きなのだ。

絵画、小説、プラモデル、刺繡、服、ＤＩＹ。人には、何かを作りたいという欲があって、自分の場合はその対象が料理だった。

趣味と実益を兼ねているなんてラッキーだと思っていた。

結婚前の情熱と、子どもたちが生まれたばかりのころのあふれんばかりの愛をそのままに、作り続けてきた。

まさか、自分が料理をしたくないと思う日が来るなんて、考えもしなかった。

始まりは、昨晩のこと。

夫が、土曜日に友人家族を呼ぶと言い出した。

いつものホームパーティだ。夫の同級生夫婦が二組。家族ぐるみで仲が良かった。厳密なルールがあるわけじゃないけれど、パーティの会場は持ち回りになっていた。

上原家のパーティでは、いつも自分が料理を準備する。

夫が、料理上手な自分を自慢にしていると知っていた。

陽奈さんすごい、おいしい、うらやましい。その感嘆の声を聞くと、単純にうれしかったし、夫の面目を立てられた安心感もあった。

パーティ用のメニューは華やかだし、作るのも楽しい。

でも、昨晩はかちんと来た。

「勝手に決めないでよ、準備するのは私なんだよ」

そう抗議したら、夫はきょとんとした。

「陽奈、料理好きだろ」

好きだった。

でも、なぜだろう。胸の内側をざらりと撫でられた気がした。ふつふつと怒りがわいてきた。

パーティの間中、自分はキッチンにこもり切りだった。リビングにいて、だれかとゆっくり話す暇もない。

できたてのおいしいものを出すためにはそうせざるを得ない。

「妻」仲間は気を遣って、「何か手伝うことある？」と訊いてくれるが、「このお皿を持っていってくれる？」と答えるくらいしかできない。キッチンスペースは大人が三人以上で作業するには狭いし、手伝ってもらうためには、その都度、指示をする手間、教える手間が発生するのだ。

自分ではほとんど食べないまま、パーティが終わってしまうことも珍しくない。

私、なんだか奴隷みたい。

本当はそう思っていたのだ、と昨晩初めて気づいた。

料理が好きだ、という気持ちとその意識は、決して矛盾しない。どんなに好きなことでも、それを当たり前のように要求されたら腹立たしいのだ。義務になったとたん、好きなことは苦痛になる。

追い打ちをかけたのは、息子たちだった。

今朝、長男に訊いた。

「日曜日のお弁当、何がいい？」

バスケ部の試合があるから。

長男は言った。

「コンビニで買うからいい。唐揚げがうまいんだって。お金ちょうだい」

すると次男も、目をキラキラさせて言った。

「えっ、いいの⁉　俺もそうする！」

唐揚げは、桃子さんから習ったもの。

下味をつけた鶏もも肉に、まずは小麦粉を薄くまぶす。小麦粉は膜を作って水分を閉じ込めてくれるから、肉汁が逃げず、ぷりぷりとした食感になる。

その上に、さらに片栗粉をまぶす。これはカリカリとした香ばしい食感を出すため。

揚げるときは、もちろん二度揚げだ。

ジューシーかつカリカリとした食感。

これまで絶賛されていたその唐揚げは、コンビニの唐揚げに負けた。

おいしくて、栄養たっぷりで、バランスのよい食事を。そう心を砕いていたのが、全部一人よがりだったのだと、気づいてしまった。

夫と子どもたちを送り出し、掃除をして。いつも通りに、夕食のための仕込みを始めようと、思った。

でも、なかなか腰が上がらない。

おかしいなおかしいな、と思いながら、ようやくキッチンへ向かい、カウンターの籠に入ったトマトを見た。

夫はトマト料理が好きだから、よく熟れたトマトを見つけると常に買うようにしていた。

今日は、シンプルにトマトソースとベーコンのパスタを作るつもりだったのだ。

トマトは夏が旬だけど、じっくり熟するのを待ってから収穫する春のほうがおいしいのだと、レシピ本か何かで見かけたことがあったから。

なのに、手に取ったトマトを振り上げ、床に叩きつけていた。

一つでは足りなくて、二つ、三つ、四つ、五つ。

トマトは思いがけず丈夫で、床を濡らしたのは一つだけだった。


大鍋、小鍋、フライパン。自動調理器にコンベクションオーブン、電子レンジ。あるものをフル活用して、桃子さんは家にある食材のほとんどを調理した。

春野菜と塩豚のポトフ、チキンのトマト煮、野菜の水分だけで仕上げた無水カレー、パプリカとカシューナッツのきんぴら、茹で卵・ブロッコリー・ベーコンのサラダ、トマトと玉ねぎの中華風マリネ、ピーマンとちくわの塩きんぴら、こんにゃくの炒め煮、味卵、わかめと筍のナムル、お湯を注ぐだけで味噌汁ができる自家製味噌玉……。

わたしがやれることといったら、ごはんを炊いて野菜の皮を剝いて、保存容器を消毒して……とそれくらいのことだから、ほぼ桃子さん一人で作ったのと同じだ。

冷凍できるものは、保存容器に小分けにして全部冷凍庫に入れ、あとは鍋ごと、釜ごと冷蔵庫に入れてしまう。

「コンビニで買うからいいよ、って言われたら、『作らなくていいの？　ラッキー！』って思うお母さんもいると思うんですけどね……」

陽奈さんとダイニングテーブルで向かい合い、桃子さんは言った。

テーブルには、上原家にあったよい香りのする紅茶。そして、桃子さんが持参したスコーンとジャム。脂肪分の多い生クリームをひたすらに振って固める「クロテッドクリームもどき」も用意した（これを作るのはわたしの仕事）。

わたしには器の良し悪しなんて全然わからないけれど、スコーンをのせたお皿も、インテリアと同様に繊細でロマンチック。

生活のすべてが陽奈さんの管理下に置かれていることがわかる。

「だって、唐揚げ、私の作ったもののほうが絶対おいしいでしょ！」

手にしたスプーンを握り、陽奈さんが憤る。

クリームをスコーンに塗りながら、桃子さんが答えた。

「それはそうですよ。手間暇かけてるし、揚げたてだし。でも、食べものを選ぶ基準って、『おいしいかどうか』だけじゃないと思うんです。季実ちゃんはどう？　中高生だったとき」

スコーンの外はさっくり、中はふんわり。その食感を堪能していると、話を振られた。

「あー……わたしもコンビニでよく買い食いしてました。運動部だったから、お弁当だけじゃ足りないのもあるんですけど、なんていうか、ジャンクなものが食べたいんですよね」

高校時代の部活帰りを思い出す。

帰り道に、ファストフード店やコンビニの駐車場にたむろしてジャムパンやらハンバーガーを食べていた。いくら何でも食べすぎだろう、と思う量を胃に収めていたけど、当時は走り回っていたので全然太らなかった。

「いつもおなかはすいてるんですけど、一人のときは、買い食いしないんです。するのは、友だちと一緒のときだけ。みんなで買い食いするのが楽しい、のかな。息子さんもそうなんじゃないですか」

それにきっと、年頃の男の子だし、ママの作るきれいで栄養たっぷりの食事に反発したい気持ちもあるんじゃないだろうか。

口にはしなかったけれど、そう思う。

感謝を知らない娘だった自分を擁護するわけじゃないけど、コンビニのチキンやファストフードを「おいしい、おいしい」と食べているからといって、お母さんの料理が嫌だとか、おいしくないとか、そう思っているわけじゃない。それとこれは「別腹」なのだ。

「全然わからないわ！」

陽奈さんは涙を拭き拭き、しゃくりあげる。

本当にわからないのではなく、受け入れたくないのだろう。

「豪華なごはん、毎日作ってちゃダメですよ」

桃子さんが言った。

「どんなに素敵なごはんも、毎日続いたら、それが『普通』になっちゃう。当たり前になったら、感謝もしないし、喜んだりもしないんですよ。ごちそうは、たまにだから特別なんです」

もちろん、自分の趣味としてやるなら構わない。楽しくて、それが自分の心の栄養になっているなら、やればいい。

でも、たいそうな料理の理由が「家族のために」なら、やめなさい。

桃子さんはそう言うのだ。

「わたし、たくさん品数作りますけど、それはお仕事だからです。一人のときは冷凍しておいたごはんと豚汁を解凍して終わりですよ」

「だって、そんなの……一人じゃないし……専業主婦だし……」

「どんなお仕事にも休みは必要です」

陽奈さんはまだめそめそしている。

「料理したくない」と「料理しなければならない」のせめぎ合いだ。

桃子さんはしばらく黙ってスコーンを食べていたけれど、沈黙のあと、不意に、厳かな口調で言った。

「これから一週間、料理を禁止します」

作らなくていい、じゃなくて、禁止。

「お弁当も作ってはいけません。食べていいのは、冷蔵庫と冷凍庫にあるものか、ご家族が作ったもの。中高生の食欲を考えると、今日作ったものは三日も持たないと思います。食べ尽くしたら、外食するか出来合いのものを買ってくるか、災害用備蓄の食料を食べるかですね」

「そんなのダメよう！　栄養が偏るじゃないの！」

陽奈さんが悲鳴のような声を上げる。

応じる桃子さんの声は冷静だ。

「……お子さん、高校生と中学生でしたね。身長どれくらいですか？」

「正確にはわからないけど……二人とも一七〇、一八〇はあるんじゃないかしら。主人に似て背が高いの」

「はい、十分。もう十分大きくなりました。一週間、外食し続けたりジャンクフードばかり食べたりしたからって、体は小さくなりませんし、死にません」

「ダメよう！　体がおかしくなっちゃう!!」

彼女の声は悲痛だった。

責任感が強いのはいいことだと思うけれど、ちょっと行きすぎている気がする。

子どももう大きいんだし、家族の健康をお母さん一人で守る必要なんかないんじゃないだろうか。学校で栄養のことはもう習っているのだから、外食で選ぶものは自己責任だ。

「おかしくなる前に、やっぱりお母さんのごはんがいいなあって言いますよ」

桃子さんの言葉に、陽奈さんは黙った。

桃子さんが重ねて言う。

「陽奈さん、お料理好きだもの。しばらくしたら、お店のごはん食べて、これ自分でも作ってみたいって思ったり、お料理番組見て、うずうずしたりしてきますよ。一週間は我慢して、そのあとまた料理すればいいじゃないですか」

「……またしたくなるかしら……」

「一週間でしたくならなかったら、二週間。したくなるまで休めばいいんですよ。長く付き合っていくこつは、いつでもやめられる、って思うこと。それにね、陽奈さんが『もう作りたくない、やめた！』って言うのは、人助けですよ」

「どうして」

「将来、息子さんたちのパートナーを救います。男の人は、お母さんにしてもらったことが基準になるもの。お母さんが、毎日、楽しそうに豪勢なごはんを作ってたら、当たり前みたいにパートナーに同じことを要求しますよ。自分が作ろうなんて考えもしないし、作ってもらったものを手抜きだって言い出します。基準は下げておかないと」


それでも週末のホームパーティは何とかしなければならない、と陽奈さんは言った。

「宅配ピザじゃダメなんですか？」

わたしは訊いてしまった。

友だちとする家でのパーティは、ピザかたこ焼きと決まっているのだ。

しかし、発想が庶民すぎたらしい。

「ダメよう！　料理が楽しみで来ている人もいるんだから。……桃子さん、お願いできない？」

桃子さんは手帳を見た。

「昼ですよね。空いてはいるんですけど……わたしだと、きっと、陽奈さん、手伝いたくなっちゃうと思うんです。いつも一緒に料理してるから。どうせなら、完全にお任せにしませんか？　コックさんを呼んで。わたしたちがアシスタントとウェイトレスをやるので、陽奈さんは完全にお客さま」

「コックって、レストランの？　呼べるの？」

「そう。リタイアした方とか、副業でやってる方とか、いろんな方がいらっしゃいますよ。フレンチも、中華も、和食も、イタリアンも。ネパール料理とか、ジョージア料理とか、珍しい料理も」

出張料理を始めたころ、勉強のために何度かお願いしたこともあるのだと、桃子さんは言った。

出張料理の派遣サイトがあって、そこから条件に合う料理人を選べるのだという。

「実際に、わたしが腕を知っている方たちです」

桃子さんが携帯端末を取り出し、料理人のページをいくつか見繕って渡す。

「お客様を呼ぶなら、変わった料理よりは馴染みのある料理のほうが安全かな。おすすめはフレンチの田丸さんです。素敵なおじさまで、パーティにふさわしい華やかな料理を作ってくださいますよ。お友だちがお子様連れなら、中華もいいかも。ビュッフェスタイルにしてもらったら、気軽に食べられるし」

桃子さんはフレンチと中華を推したけれど、陽奈さんの視点はすでに一つのページに定まっていた。

「イタリアンで」

「え、え～っ……」

桃子さんが困惑の声をもらす。

「あら、なあに？」

「いえ……ベテランの方を選ばれると思ったので」

「夫はトマト料理が好きなの」

端末を桃子さんに返してから、陽奈さんはにっこりした。

「それにコックさんが若くてハンサムだもの」


土曜日の朝、本郷の家の前で車を待った。

料理を担当する久《く》坂《さか》さんという人が、車に必要なものを積み込んでいくので、ついでにピックアップしてくれることになったのだ。

「久坂さん、本日はよろしくお願いいたします。こちらアシスタントの遠藤です」

現れた黒い車に、桃子さんは頭を下げた。

「遠藤です。よろしくお願いします！」

隣で、わたしも声を張る。

「久坂です。よろしく。荷物はトランクに置いて、後ろ乗って」

運転席でハンドルに手を添えたまま、久坂さんは言った。

歳は三十前後だろうか。陽奈さんが言った通り、なかなかのハンサムだ。ちょっと垂れ目気味の、甘さの漂う顔立ちをしている。

まだ三月だというのに、黒い半袖Tシャツ姿だったのが印象的だった。

「遠藤さん、元気いいな。何か運動やってた？」

車に乗り込むと、久坂さんが訊いた。低い、落ち着いた声だ。

元気がいい、と言われて、安堵する。

それだけが取り柄だと思っていたし、その取り柄を失ってすっかり自信をなくしていたのだから。

「わかりますか。中高大とハンドボールやってました！」

行きの車の中は、わたしのハンドボール部時代の話で終わってしまった。

久坂さんは口数が多くないけれど、話を広げるのがうまいのだった。話の接《つ》ぎ穂《ほ》をいくつも持っている。

初対面でありがちな「いくつ？」「学生？」「仕事は何してるの？」という質問は一切出なかった。桃子さんが事前に何か言っておいてくれたのかもしれない。

久坂さんの質問に答えながら、わたしは隣に座る桃子さんに目をやった。

彼女はときどき、補足のようなことを言って初対面の二人の間を取り持ったけれど、あまりしゃべらない。陽光の降り注ぐ窓の外を見ている。

陽奈さんに紹介した料理人の人たちは、みんな出張料理を頼んだことのある相手みたいだったから、既知の間柄なのだろう。そうなると、新入りであるわたしが話題になるのは自然なことだ。

でも、話せばいいのに、と思う。

ふだん女性のお客さんしか相手にしていないからしばらく気づかなかったけど、桃子さんは男の人に対して人見知りするのだ。酔っぱらって「再婚したい」とくだを巻いているのに、自分から話したがらない。

「まあ、本当にハンサム！　よろしくお願いいたします」

上原家の玄関で、陽奈さんは顔を輝かせた。

彼女の発言は率直だ。

「ありがとうございます。キッチンを見せていただいても?」

「はい。どうぞこちらへ」

久坂さんが陽奈さんに先導されてキッチンへ向かい、わたしと桃子さんは駐車場とキッチンを往復した。

息子さんたちは部活があるとかで、今日は不参加。パーティの出席者は、大人六人のみ。今回は食材と調味料の一切を久坂さんが持参している。六人前でも結構な分量だった。そのうえ、久坂さんが実際にキッチンを見て、足りない調理器具やお皿をリストアップする。それも持ってこなければならなかった。

二人がかりでも、一往復では足りない。

車のトランクを開けてお皿を探していると、別の車が駐車スペースに入ってきた。

「〈みなづき〉さん? 上原です。いつも家内がお世話になってます。今日はよろしくお願いします」

男の人が車から降りてきて、そう言った。陽奈さんの旦那さんだった。

買い出しに行っていたのだという。

何か運動をやっていたのだろうと思われるがっちりとした体つきをしていて、こちらもなかなかの男前だった。挨拶も礼儀正しくて朗らか、感じがよい。一緒に荷物を運んでくれて、入口ではちゃんとドアを押さえていてくれる。

「ちゃんと取り置きしておいてもらえたよ」

「よかった。ケンジくんもミツキちゃんも、これ好きだものね」

「大丈夫だと思うけど、こっちも確認して」

リビングで陽奈さんとやり取りする口調も優しい。

理想的な旦那さんに思える。

「……お料理禁止、続行してます？」

桃子さんが思い出したように、こっそりと陽奈さんに訊いた。

あれからもうすぐ一週間になる。

陽奈さんは居心地悪そうに両手の指先を絡めた。

「ええ。下の息子が『いつまで外食なの？』って」

「外食は、塩が利いていて味が濃いから。食べ慣れてない人は、外食が続くと、くどく感じちゃうんです」

桃子さんが言うには、家庭料理とプロの料理のちがいは、第一に塩の使い方。ひと口で「おいしい」と思ってもらうために、そうするのだという。

息子さんの発言は、家での食事が恋しくなってきたからこそのものに思える。

「陽奈さんも、のんびりできましたか？」

「ええ、でも、なんていうか、時間を持て余してしまって、落ち着かないの」

「それくらい、毎日時間をかけていたんですよ」

ダイニングテーブルで食器の梱包を解きながら、胸が痛くなる。

料理は、一回だけで完結しないのだ。

桃子さんの手伝いをするようになって、初めてわかった。

栄養バランスを考慮して献立を考え、食材を買いに行き、保存のための処理をして、「次」に備えて片づけをして。一日のうちに複数回、何年も何年も、死ぬまで続いていく営みだ。

食事のたびごとに新しく料理をしていたら、一日のうちの四～五時間、簡単に飛んでいってしまう。

「料理は愛情」。

確かに、そういう面もあるだろう。

時間と手間をかけ続けることは、愛がなければできることではない。

でも、手間暇かけたものほど、大きな幸福をもたらすとは限らない。

どんなに手間暇をかけた豪勢な食事も、きっと空腹を耐え忍んだあとに口にしたカップラーメンにはかなわない。


今日はごはんを炊かないし、料理の保存もしない。

わたしの仕事は、完全に荷物運びと給仕だけだ。

キッチンは久坂さんと桃子さんが使っているので、ダイニングテーブルのところで待機。メニュー名を間違えずに言えるように、暗記して出番を待つ。学生時代にファミレスでアルバイトしていたとき以来のウェイトレス。ちょっと緊張する。

カウンターの向こうを眺める。

白いコックコートを着た久坂さんは、黙々と仕事をした。

食材を切る、刻む、移す。その作業の一つ一つが速く、無駄がない。流れるようなスムーズさ。

他の料理人を知らないから、そう思うのかもしれないけれど、調理中の桃子さんに似た雰囲気がある。

桃子さんは、今日は完全にアシスタントに徹していた。

分量を量り、アスパラガスや甘夏の皮を剝き、海老の殻を処理して、洗いものをする。久坂さんが次に何をするのかがわかっているようだった。

できたものをすぐに久坂さんの近くに置くので、久坂さんから指示の声が出ることもない。

「季実ちゃん、生ごみを新聞紙にくるんでまとめておいて」

タイミングを見計らって桃子さんがそう声をかけてくるのみだ。

事前に打ち合わせはしたのだろうけれど、会話なしで滞りなく作業が進むことに少し驚いてしまう。

食材を刻む音、オーブンの低い動作音。ガスコンロに点火する音や火のかすかな音。

キッチンは静かだった。

リビングスペースの談笑する声が大きく聞こえてくる。

これが陽奈さんの日常だったのだ。

カウンター式のキッチンは、おそらく、ダイニングテーブルにいる家族の姿を見ながら料理ができるようにと選んだもの。

でも、家族はカウンター越しに陽奈さんを見守っていたりしない。死角にあたるソファスペースでテレビを見ていたはず。

おなかをすかせている家族の声を、微笑ましく聞いていることもあっただろう。

でも、自分に課せられた仕事を重く感じたとき、カウンターは厳然たる壁になる。一人きりのキッチンの静けさは、陽奈さんに孤独をもたらした。

「お待たせしました。前菜の盛り合わせです」

料理を運んでいくと、陽奈さんは友人らしい女性たちと顔を寄せ合って、携帯端末をのぞき込んでいた。

その様子が楽しげで、胸を温められる。

トレイで運んだ皿を、ローテーブルに並べ、説明する。

「上から時計周りに、柑橘類のグリーンサラダ、にんじんのマリネ、ほうれん草のムース、ホワイトアスパラガスのフリット、ズッキーニのソテーです」

試食でちょっとだけ食べさせてもらった。

ほうれん草のムースは、淡い卵色から緑へのグラデーションが美しい。鶏のだしとほうれん草の風味が、生クリームと違和感なく一体化していて、舌の上でなめらかに溶けていく。

ホワイトアスパラはみずみずしくてほのかに甘い。歯ごたえはグリーンアスパラと似ているけれど、青臭さがまるでない。瓶詰の水っぽいホワイトアスパラしか知らなかったから、驚いた。フリットのさっくりした衣の食感と相まって、一口一口が楽しい。

ズッキーニのソテーもにんじんのマリネも「焼くだけ」とか「漬けるだけ」なのに、びっくりするくらいにおいしくて、料理は腕次第なのだと思い知らされる。

「わあ、きれい！」

真っ先に声を上げた陽奈さんの顔が輝いている。

彼女の頬は、ワインのせいかほんのり上気していた。


最後に挨拶に出向いた久坂さんは、三組の夫婦たちから喝采を浴びた。

「本日は車で参りましたので、これはアシスタントがいただきます」

ワインを勧められ、久坂さんはグラスを手に取った。

そしてテーブルの傍らで物慣れた様子で語る。

「ご主人がトマト料理をお好きだとうかがいましたので、本日のパスタは、魚介とトマトのおいしさが味わえるペスカトーレにいたしました。イタリアでトマトはポモドーロ――〝黄金のりんご〟と呼ばれ、料理に欠かせない野菜でもあります」

ヨーロッパの言葉では、「りんご」にあたる単語は果実全般のことも指しているのだそうだ。別にトマトとりんごが似ていたというわけではない。

「ちなみにトマトはフランスではポム・ダムール、イギリスではラブ・アップルと呼ばれました。どちらも愛のりんごという意味です――奥様からご主人への愛に、三組のご夫婦の愛に、乾杯」

久坂さんがグラスを掲げる。

夫婦たちは、お酒が入って上機嫌になっていたうえ、友人同士のくだけたムードもあってか、照れたり大笑いしたり。

陽気なムードがリビングを覆っていた。

「陽奈さん、楽しそうでよかったですね」

小声でそう言おうとして、桃子さんの顔を見たわたしは、ぎょっとした。

鬼の形相。

眉を怒らせていた桃子さんは、わたしの視線に気づいて、慌てて顔を取り繕う。

一瞬だったので見まちがいかと思った。彼女の不機嫌な顔をわたしは見たことがなかった。

「楽しかった！　勧めてくれてありがとう！」

撤収作業に入ると、陽奈さんがやってきて桃子さんの手を取った。

久坂さんは大物の調理器具を運び出していったところで、不在だった。

「それに、おいしかった！　特にホワイトアスパラガス。どこに行ったら買えるかしら？

瓶詰しか売っているのを見たことないのだけど」

お皿を拭きながら、桃子さんが答える。

「通販が確実ですよ。うちの近所の八百屋さんにはときどき入ってきますけど、グリーンアスパラほど一般的じゃないから」

「通販だと……あ、一キロから買える！　これならあっという間に食べきっちゃうわね」

携帯端末で検索した陽奈さんが声を弾ませた。

「お料理、したくなったでしょう？」

桃子さんの言葉に、陽奈さんははっと顔を上げた。

口元に手をあてて、照れたように笑う。

「本当だわ」

「ちょっと嫌だな、って思ったときには、離れたほうがいいんです。離れられないと、どんどん『嫌だな』がたまって、憎むようになっちゃう。そうしたら、もう続けられないから」

「そうねえ。あのときは本当に『もう嫌！』って思ってたのに、いま、うずうずしてる。ほうれん草のムースもすごくきれいでおいしかったから、作る気満々でいたもの」

桃子さんが、リビングのほうに目をやってから、声をひそめた。

「陽奈さん、多少気の回らないところはあったかもしれませんけど……。ご主人、陽奈さんのこと、すごく大切にしていると思います」

「そう？」

「だって、家族になると、遠慮とか礼儀とか、なくなっていっちゃうもの。二十年もずっと好きなままでいられるなんて、相手が優しさと敬意を持ち続けていてくれないと無理でしょう」

桃子さんの言葉に、陽奈さんが涙ぐむ。

「……そうね、そうよね」

確かにそうなのかもしれない。

恋する男の人に、喜んでほしい。彼との間に生まれた子どもたちに、元気に大きくなってほしい。

彼女がその情熱を持ち続けてきたのは確かにすごいけれど、一人よがりな幻想だけで二十年も続くわけがない。


「そうだよね。距離を置けないと、どんどん嫌いになっちゃう。中学のころがいちばん、クラスとか部活の中で揉めごとが多かったけど、そのせいだよね。エネルギーありあまった子どもたちが一つの教室とか部活に押し込まれて、八時間とか十時間とか一緒にいなきゃいけないんだもん。高校はまだ風通しよかったし、大学はさらに開放的だったけど」

上原家からすべての荷物を運び出し、わたしは言った。

仕事も同じだと思った。

脱落したから負け惜しみで言うのではないけれど、長時間残業が常態化していて、二十四時間のうちの半分を毎日仕事に奪われていたのだ。

職場の人間関係が悪かったのは、そのせいもあると思う。嫌だと思ったときにみんな離れられなかったから、どんどん悪い状況になる。

「でも、距離を置けない場合が多いから難しいのよねえ」

そう答えた桃子さんの腕を、わたしは思わずつかんだ。

立ち止まる。

久坂さんの車を荒らしている男がいる。

リアルな虎の絵が一面にプリントされた派手なシャツ。

そのぎょっとするような柄の背中を見せて、開いたトランクに向かい、ごそごそしている。

「しゃ、車上荒らし!?　久坂さんは!?」

声を押し殺し、動転したまま桃子さんにすがりつく。

桃子さんは短く答えた。

「本人よ」

つかつかと近づき、横からバッグをトランクに投げ入れた。

男がキッと桃子さんに顔を向ける。その横顔は、確かに久坂さんのものだった。

桃子さんが運び込んだ調理器具を指さして、彼はまくしたてた。

「桃子、お前、ほんまにええ加減なやっちゃな！　雑すぎんねん、何でも！　せめて向きくらい揃えろや！」

「久坂さん、呼び捨てにしないでもらえますか」

応じた桃子さんの声は冷たい。

久坂さんの顔を振り仰ぎ、彼の胸に人差し指を突きつけて言い募る。

「あと、『お前』って言うな！」

久坂さんがぐっと詰まった。

あごを持ち上げ、桃子さんを見下ろし、「ぐ、う、う……」と唸《うな》ったあと、彼は言った。

「……も、桃ちゃん……」

「……」

桃子さんが虚を突かれたような顔をした。

困惑の表情で、じりじり後ずさった彼女は、ぷいと顔を背け、わたしを見た。

「え、え、あの、言葉……?」

あと、そのへんな服は……?

動揺するわたしは、桃子さんと久坂さんを交互に見ながら、かろうじて言葉を発した。

桃子さんが苦々しげに答える。

「標準語は営業用。——残念ながら元夫です」


確かにそうなのだった。

「元夫」はおばあちゃんのところに筍を引き取りに来て、その場であく抜きまでしていた。

料理に慣れている人のはずだ。

「前の旦那とつながってるうちは、再婚なんぞ無理だよ」

食堂のダイニングテーブルで餃子の皮にひだを作りつつ、おばあちゃんが言った。

今夜の餃子は三種類。

肉だねにキャベツと玉ねぎをたっぷり入れた浜松風餃子。

梅・大葉を入れ、ポン酢で食べる和風餃子。

そして、水分を飛ばしたトマトとチーズを入れ、バジルソースで食べるイタリア風餃子だ。

あとは焼くばかりになった餃子が、キッチンバットの上に次々に並べられていく。

「だったら、誘わないでくださいっ」

調理台で副菜を作っていた桃子さんが、かみつくように言う。

わたしたちを送り届けるついでに顔を出した久坂さんを、おばあちゃんが夕食に誘ったのだ。

「再婚なんか、口で言《ゆ》うてるだけ。まだ俺のこと好きなんですわ」

スプーンで肉だねをすくいながら、おばあちゃんに向かって久坂さんが笑った。

わたしはまじまじと、向かいに座る彼のシャツを見ていた。

やけにリアルなトラの毛並みと目。一頭だけならまだしも、布地が全部虎に覆いつくされていて、目がちかちかする。

最初、Tシャツ一枚でいたのはコックコートを着るためだったのだろう。それが幸いした。

この格好で登場していたら、わたしも陽奈さんも「ハンサム」ではなく「へんな服の人」という評価を下したことだろう。

容姿の美点をすべて打ち消す、服のセンス。骨ばった大きい手も、その手が作る美しい形の餃子も、全部かすんでしまう。

桃子さんがギッと久坂さんをにらんで言った。

「あなたは今回、数あわせで紹介した中でたまたま選ばれただけですっ」

ぷりぷり怒りながら、桃子さんは続ける。

「会いたくて仕事振ったとか、そういうことは一切ありませんっ。だいたい、結婚したのも、あなたが好きや好きやしつこいから根負けしただけだし」

久坂さんが目を剝いて振り返った。

「はああ⁉　お前が『結婚してくれなんだら死ぬ』言うから、しゃあなしに結婚したんやろが！」

「ちょっと、それ、だれの話⁉　捏造にもほどがあるでしょ⁉」

「何すっとぼけとんのや。言うたわ！」

「言うてへん！」

思わずのように関西のイントネーションで答えたあと、桃子さんは言い募った。

「あと、わたしのお客さんに下ネタ言わないでくれる⁉」

桃子さんいわく、トマトを「愛のりんご」と呼んだのは、かつてトマトに催淫効果があると信じられていたからなのだそうだ。

「『ご夫婦の愛』ってそういう意味だったんだ……いい締めだと思ったのに」

わたしが言うと、久坂さんは笑った。

「なんや季実ちゃんも潔癖なんやな。それを含めての愛やんか」

そう言う久坂さんの目は優しくて、不思議といやらしい感じがない。かつて結婚していたことがある、という余裕なのだろうか。

「そろそろ焼こか……あ、オイル」

ホットプレートをオンにしようとした久坂さんが、手を止めて立ち上がる。

桃子さんが無言で、オリーブオイルと胡麻油をカウンターに置いた。

カウンター内に入ってきた久坂さんに背後から手元をのぞき込まれ、彼を肘で押しのけている。

今日の桃子さんは、いつになく感情的で、やることが子どもじみている。

「あれは甘えてんだよ」

新しい餃子をキッチンバットにまた一つ並べ、おばあちゃんは言った。

「どっちが?」

「両方」

「まだ好きってこと?」

きいきい言い合っているわりに、二人の間には険悪な雰囲気はないのだ。

離婚は、互いにどうしようもなく嫌いになってするものだと思っていた。

「さあねえ。『嫌いじゃない』だけでも甘えはあるよ」

「ふーん……」

新しい皮を手に取り、浜松風のたねをのせる。

――長く付き合っていくこつは、いつでもやめられる、って思うこと。

そう言った桃子さんだ。

たとえ夫になった人でも、「嫌い」が極まりそうになったら、その前に離れてしまうかもしれない。

わたしは久坂さんの作った餃子を見た。いつの間に、どうやって作ったのか、薔薇の形の餃子が三つ、キッチンバットに並んでいた。幾重にも重ねた白い皮から、うっすらとトマトの赤色が透けている。

桃子さんの好きな、薔薇の花。

卯月
夢のランチボックス

天気のいい日は、朝食後におばあちゃんと散歩をする。

あとに用事がない日は、長めのコース。東京大学の本郷キャンパスを半周して上野公園まで行く。

大学の周囲には、昭和のムード漂う喫茶店や書店、フルーツパーラーが軒を連ねている。弥生時代の「弥生」は土器が発見された地名によるものだそうで、弥生坂には「弥生式土器発掘ゆかりの地」の石碑があった。

あとに用事のある日は、短めのコース。キャンパスの西側を歩く。

本郷は、文学の街だ。

樋口一葉、宮沢賢治や坪内逍遙といった文士の旧居跡が点在している。坂口安吾や谷崎潤一郎が滞在したホテル跡もある。古い木造建築が残っていて、ノスタルジックなムードに満ちている。

山瀬千嘉さんの『ぐるり東京』を読んで、次の散歩で見にいく場所を探したとき、自分がもう回復しているのだと気がついた。

新年度が始まる時期で、キャンパスには人があふれていたし、桜もあちこちで咲いている。草木が芽や葉を出すように、わたしの体からも外へ出ようとするものがある。三か月間、甘やかされて休ませてもらった間に、充電はできていたのだ。

「そろそろ、仕事を探すね」

朝食の席でそう言うと、おばあちゃんと桃子さんはぱちぱちとまばたきをした。

今日の朝食は、ごはんに塩ひじき、わかめとちくわの味噌汁、おかず二品。だし巻き卵に、新じゃがと新玉ねぎ、スナップえんどうの肉じゃが。

昨晩の残りものだけど、砕いた麩《ふ》を混ぜ込んだ卵は、たっぷりとだしを含んでふわふわ。醬油を使わず塩で仕上げた肉じゃがは、豚バラの脂が溶け出してこくがあるのに、あっさりと食べられる。

二食連続で食べても、おいしいものはおいしい。

「仕事って、何するんだ」

「わかんない。これから考える。やっぱりIT関係かなって思うけど、一回挫折してるし、業界自体がブラックの傾向あるし。でも、あれは人手不足でSEと営業と両方やらされてたからかなって気もするし……」

「季実ちゃん、もしかして静岡に帰っちゃうの？」

「それもわかんない。ここに住まわせてもらえるなら、東京もありかなって思うけど」

おばあちゃんの顔を見て言うと、彼女はあっさり答えた。

「いいよ。働きはじめたら家賃と食費は入れてもらうけどね」

大学のときの就職活動で結構な苦労をしたから、それ以上の苦戦になることだろう。いろいろ調べて考えて、慎重に進めるつもりだ、と二人に伝えた。

「わかりました。転職活動するときは、出張料理のお手伝いはしなくていいからね」

桃子さんはそう言った。

不安は、ある。

でも体の奥からわき出てきた前向きな気持ちをすくいとり、こぼれ落ちないうちに行動に移したかった。

そんなわけで、その日の午前、わたしは求人情報や業界研究のサイトを見ていた。

桃子さんも家にいた。桃子さんは「二週間前の時点で予約が入っていない曜日を、最低一日は休みにする」というルールで動いているので、休みの曜日は週によってまちまちだ。

日中もまだ暖房は必要だけど、外は光であふれている。

鳥の声がして、キッチンで歌う桃子さんの声が聞こえてくる。

平和だった。

「季実ちゃん、今日は暖かいから、お外でピクニックにしない？」

十三時ごろ、桃子さんがやってきて言った。

すでに桃子さんがバスケットにお弁当と飲みものを詰めていたので、おばあちゃんも交えて三人、出かけることにした。

花見の時期だし、上野公園はひどく混んでいるだろう、とおばあちゃんが言う。

それで、給水所公苑へ行くことになった。

初めて行ったそこは、和風庭園と西洋風庭園のエリアに分かれている。西洋風庭園のほうにはバラ苑があって、あとひと月もすれば、きれいなバラが見られるそうだ。

今回向かった和風庭園のほうには小川が流れていて、それを取りかこむように木々が葉を茂らせている。緑を映した水面が、ところどころ、日差しを反射してきらきら光っていた。

ベンチに陣取り、桃子さんがバスケットの中身を取り出す。

スパークリングワイン、ガラスみたいなプラスチック製のワイングラス、ベルトで留めた白木のお重。

外でお弁当を食べるということ自体、ずいぶん久しぶりだった。大学生のときや、会社に勤めていたころ、花見と称した外での食事会はあったけれど、今日はどちらかというと、お酒があっても小中学校の遠足に近いムード。

お重が出てきたときの胸のときめきは、自分でも驚くほどだった。

会社に勤めていたころもお母さんの作ってくれたお弁当を食べていたけれど、遠足のお弁当にはふだんとちがうわくわく感がある。幼いころ、クリスマスの朝にサンタさんからのプレゼントの包みを見つけたときのような。

今日は桃子さんの手伝いをしなかったから、わたしは中身をまったく知らないのだ。

「ふふふ」

わたしの期待を見透かしたのか、桃子さんは焦らしてなかなかふたを開けない。

「じゃーん！」

「わあ」

思わず声を上げた。

具のぎっしり詰まったサンドイッチにキッシュ。ソースを添えた色とりどりの蒸し野菜に、きつね色の丸いコロッケ、海老のサラダ、いちごのマリネ。

蒸し野菜のにんじんとれんこんは、それぞれにちがう花の形に飾り切りがしてあって、ところどころにあしらわれたマイクロトマトもベリーのようで可愛らしい。

「さっ、すみれさん！」

桃子さんがうながし、おばあちゃんが咳払いをした。

「季実の前途を祝して」

「かんぱーい！」

桃子さんがはしゃいだ声を上げる。

理由をつけてお酒飲みたいだけなのでは……という疑いは晴れないけれど、天気はいいし、風は暖かく柔らかい。

おばあちゃんは、ワインを傾けながら春の風に心地よさそうに目を細めていた。

桃子さんがおばあちゃんにほしいものを訊き、小皿に料理を取り分けている。

両親がやっていたから引き継いだだけで、おばあちゃんは下宿屋の経営にそれほど熱心じゃなかった。もともと、一人でいろいろやりたい人だ。亡くなったおじいちゃんにはある程度合わせていたみたいだけど、自分の娘を含め、他者を中心にして暮らすのは性に合わないのだと思う。だから、同じ敷地内に他人が暮らしていて、その人たちに常に気を配らなければならない状況はおばあちゃんにとって好ましいものではなかったのだろう。

だから、畳む予定だった下宿屋に学生でもない桃子さんを受け入れたのは不思議だったのだけど、彼女とは上手くやっているようだ。桃子さんがいなかったら、おばあちゃんがピクニックに出かけることなどなかっただろう。そもそも、わたしを引き取るということすらなかったんじゃないだろうか。

「どうしたの、季実ちゃん」

ぼんやりその顔を見ていたわたしに、桃子さんが尋ねた。

「……桃子さんがいてよかったな、と思ったの」

ちょっと恥ずかしかったけど、そう言った。

桃子さんは胸を張った。

「そうでしょう、そうでしょう、毎日おいしいものが食べられるしね。料理が好きで、上手い！　わたしと再婚する人は幸せだと思うんだけど、どこにいるのかしら。関西弁をしゃべらなくて、プロレスファンじゃなくて、服のセンスがおかしくない男の人！」

「……もう酔ってるの？……久坂さん、プロレスファンなんだ……」

「そうやって旦那を基準にしてる時点で、ダメだと思うけどね」

「『元』旦那！　同じ失敗を繰り返したくないんですっ」

いつものように、アルコールの入った桃子さんはくだを巻きはじめる。

だれかと親しくなったら、一緒にお酒を飲みにいく機会もあるだろう。まず酒癖をなおしたほうがいいんじゃないだろうか……。

そう思いつつも、彼女の作ったものはやっぱりおいしい。

小さなタルト型で作られたキッシュは、枝豆&チーズ&ハムと、オニオングラタン風の二種類。

土台になったパイ生地はさくさくとして、表面に散らしたチーズは香ばしく、具材を包み込んだ中身はとろりとしている。ぽくぽくした枝豆に甘くとろけるような新玉ねぎ。小さなピースに、さまざまな味と食感が詰まっている。

じゃがいもと鮭のコロッケは、揚げたてとはまた別のしっとりとしたおいしさ。牛乳をたっぷり混ぜ込んだたねが、クリームコロッケとはまたちがう、ふんわりとした食感をもたらしている。

桃子さんの作るものはいつもおいしいけれど、飾り切りといい、色彩の多様さといい、今日のお弁当には、いつもにはない特別感があった。

彼女はやっぱりわたしのためにお祝いの食事を作ってくれたんだろうな、と素直に思った。

数時間後の未来のために、美しく詰められたお弁当。

いつもの食事以上に、作ってくれた人の心遣いが感じられる。

珍しく、男性のもとへ仕事をしに行くことになった。

〈出張料理みなづき〉は、基本的には女性を相手にした出張料理サービスだ。

これは、〈みなづき〉最初期からの顧客である文筆家兼編集者・山瀬千嘉さんのアドバイスによるもの。一人で仕事していた桃子さんの安全を考慮してのことだ。

「それにわたし、ずっと年上の女の人たちに助けてもらって生きてきたから。女の人を助けたいのよね」

桃子さんはそう言う。

「家事は女の仕事」という考え方にノーが突きつけられるようになっても、現実として家事としての料理を担当しているのは女の人が多い。

だから、〈みなづき〉に舞い込む出張料理の依頼内容も、パーティや行楽向きの料理よりも、作り置きの料理が多くなる。そうやって、家事として料理をしている女の人の手助けをするのだ。

さて、そんな桃子さんが男性のもとへ出向くことになったのは、一つは、それが千嘉さんの頼みだったからだ。

「会社の後輩の女の子に、登山サークルで知り合った男の子を紹介して、二人は結婚したんだけど。その夫婦を助けてやってほしい」

入院中の妻に代わり、当面の食事と娘の遠足の弁当を用意する。

それが、今回の依頼。

遠足の弁当。

それが依頼を引き受けた理由の二つめだと、桃子さんは言った。


中島《なかしま》家を訪れたのは、四月中旬の木曜日の午後。

出迎えたのは、夫の中島さん。

チェック柄のシャツに黒のパンツ。歳は三十前半といったところ。

清潔感のある、優しげな外見の男性だった。

千嘉さんから聞いていた印象とちがう。そう思った。

しかし、会って十分でその印象はまた覆る。

「出張料理か～！　そういう仕事があるんですね。山瀬さん、料理できなそうだもんな～！　仕事はできるかもしれないけど、女らしくないんですよね」

リビングのソファで、朗らかに彼はそう言った。

きっと彼は、千嘉さんと桃子さんが親しいと聞いていて、桃子さんと打ち解けるために千嘉さんを話題にしたのだ。悪気なく、けなすことが親しさの表れだと思って。

悪気がない、という点が問題なんだけど。

会社勤めをしていたころ、年かさの役員の人が、悪気なくセクハラ・モラハラ発言をするのにびっくりした。

若いころに形成されたものの考え方は、なかなかアップデートされないのだろう。でも、彼はおそらくわたしと十歳くらいしか変わらない。それでも「女らしさ」なんて言ってしまうのだ。悪気なく。

桃子さんはにこっと笑ってみせた。

「お客様は、お料理する方が多いんですよ。まったく料理しない方は、外食やテイクアウトが習慣になっているので、わざわざ料理人を呼びません」

「へええ、そうなんですね」

桃子さんの返事に、中島さんはちょっと声を高くして答えた。

間を持たせるためだと、はっきりわかる返事だった。

たぶん、桃子さんが悪口への加担を拒否したのがわかったのだと思う。

「ご依頼は、お嬢さんのお弁当と料理の作り置きでしたね」

桃子さんが話題を変える。

「ええ」

中島さんの語る、事の成り行きはこうだった。

五日前、中島さんの留守中に部屋の片づけをしていた奥さんが、腹痛を覚え、慌てて産院へ行った。

奥さんは二人めの子を妊娠中だったのだ。切迫早産の恐れがある、ということで即座に入院することになってしまった。

連絡を受けた中島さんも、仕事が終わってから、指示されたものを持って産院へ駆けつけた。

「大丈夫？　何か買ってきてほしいものある？」

心配して妻に声をかけると、妻は言う。

「二週間は入院して様子見たほうがいいって。ごめんね。心配かけて」

中島さんは答えた。

「二週間か～。俺の飯と服はどうするの？」

妻、激怒。

中島さんにはわけがわからない。

今まで食事と洗濯、明日着る服の準備をしていたのは妻だ。妻がいなくなったら困るではないか。

会社で愚痴をこぼしたら、同僚の女性陣からも「飯と服くらい、自分で何とかしろ！」「あんたは切迫早産の危なさがわかっていない」と非難ごうごう。「旦那がそんなこと言ったら、死ねって思いますよ」とまで言われたそうだ。

さんざん責められただろうが、わたしも言わずにはいられなかった。

「従姉も切迫早産で入院したので、聞いてます。体を常に水平に保ってなきゃいけないくらいのピンチなんですよ！　それなのに、服とごはんって……！」

中島さんは首をすくめ、口をとがらせる。

「いや、わかってます、みんなにさんざん怒られて……。でも、仕事で疲れて帰ってきて、料理だの洗濯だの、できませんよ。娘もいるんだし」

さっき、仕事をしている千嘉さんについて「料理できない」とバカにするようなことを言っていた。その矛盾には気づかないらしい。

千嘉さんの言っていたことは正しかった。

電話で桃子さんに、彼女はこう言っていたらしいのだ。

「悪気はないんだけど、一言多い。腹立たしい。まだ若いからこんなもんだよね〜って思って後輩に紹介しちゃったことを、心の底から後悔している」

年下のわたしですら、すでに腹を立てている。

千嘉さんから見ればもっと腹を立てるポイントがあることだろう。

「どうしたの？」

隣に座っている桃子さんに、小声で訊いた。

彼女は、胸の前で両手を組み合わせて目を閉じ、黙っている。

「ううん、何でもない」

彼女は気弱そうな笑みを見せた。


上の娘の出産のときは、入院は出産後の一週間だけだったので、埼玉から中島さんのお母さんが出てきてマンションに泊まり込み、身の回りのことをやってくれた。

でも、お父さんが脚を悪くして、実母は身動きが取れない。奥さんのほうの両親は青森県に住んでいるので、助けを求めるのは気が引ける。奥さんも、できるだけ両親の手を煩わせずに二週間を乗り切りたいという気持ちでいるそうだ。

奥さんは早々に、延長保育の手配をし、中島さんはテイクアウトと二日に一度の洗濯で、なんとか三日間を乗り切った。

困ったのは、金曜日にある遠足だ。

お弁当が必要になる。

ハンバーガーもカツ丼も、テイクアウトの食事を喜んで食べていた娘なので、買ってきたものを持たせればいいと考えていた。

しかし、幼稚園児の食べる量は多くない。市販の弁当をまるごと持たせても食べきれない。

それに、手作りの弁当を持ってくるであろう子どもたちの中で、明らかな市販品を開くのは、四歳なりに悲しいのではないか。中島さんにも、それは想像ができた。

「それで、買ってきた弁当を、弁当箱に詰め替えようと思ったんです。試しにコンビニ弁当を自分の弁当箱に詰めて会社に持って行ったんですが、昼に開けたらぐちゃぐちゃになってて……」

「リハーサルしたんですね。偉い！」

思わず、わたしは手を叩いて褒めてしまう。

「……ごめんなさい、失礼なことを」

慌てて謝ったけれど、中島さんは照れている。

素直な人ではあるのだ。

中島さんの使った弁当箱を見せてもらった。

「かなり大きめのお弁当箱ですね。結構ゆとりがあったでしょう？」

桃子さんが言う。

「はい、コンビニ弁当もわりと大きかったんですけど」

「上げ底にして平たーく大きく見せてるだけですよ。実は量が多くないものが多いんです」

ふだんのごはんは、器に盛りすぎないのがおいしく見せるこつ。

平皿の場合、料理は皿の真ん中に置き、深さのある器では中央だけ高く盛る。

余白が料理を美しく見せる。

でも、弁当は別だ。

上下左右に余白のないようきっちり詰めないと、持ち運んでいる間にシャッフルされて悲惨な見た目になってしまう。

「ちなみに……奥様、ふだんどんなお弁当作っていらっしゃいます？」

桃子さんが尋ねた。

夫や娘の中にある「弁当」のハードルを上げてはいけない、と昨日彼女は言っていた。

実は、今回のミッションは複雑だ。

桃子さんを迎えたのは夫である中島さんだけど、依頼主は奥さんのほう。

夫である中島さんには「弁当と当面の食事を用意してもらう」と説明がしてある。しかし、奥さんからの裏の依頼はこうだ。

「子育てにかまけて、夫の躾《しつけ》を怠った。申し訳ないが、夫に料理をさせてほしい。自分ではやらないくせに注文が多いから、これ以上ガタガタぬかさないようにしてほしい」

この言い方だけで、奥さんの苛立ちが伝わってくる。

中島さんは答えた。

「え、普通の弁当ですよ。娘が生まれてからは、社食で済ませてるんで、最近作ってませんけど。ごはんに、卵焼きに、ほうれん草のおひたしに、唐揚げ、ミニトマト」

「彩り豊かで素敵ですね」

「でも、手抜きでしょ。唐揚げは冷凍食品だし、他は前の晩の残りだし。会社の若い子とか、もっとすごい弁当作ってますよ。インスタ映え、みたいな」

桃子さんは笑顔を固定したまま黙っていた。

出会ってまだ三か月も経っていないけど、わたしにはわかる。

いま、彼女に漫画の吹き出しを付けたとしたら、こうだ。「ぶっとばすぞ」。

たぶん、彼は謙遜のつもりなのだ。妻の弁当を褒められたから、照れ隠しでこれを言ったのだ。

この余計な一言が、妻はもちろんのこと、妻サイドに立った周囲の女性陣を怒らせているにちがいない。

「中島さん」

桃子さんは、バッグからエプロンを取り出して広げて見せた。

いつものネイビーのギンガムチェックのもの。

縁取りと、ウエストのリボンを結んだ形がおしゃれで、色ちがいのエプロンをもらったわたしもうれしかった。

「これ、わたしの知り合いの方のお手製なんです」

「えっ、そうだったんですか⁉」

わたしのほうがびっくりしてしまった。

撥水加工のされた生地だし、ブランド名らしいもののついたタグも縫い付けてあるし、てっきり既製品だと思っていた。

「へえ、売ってるものみたいですね」

ものの良さはわかるのか、中島さんも感心したように言う。

「手芸が趣味なんですって。趣味が高じて、オンラインで販売するまでになったそうです。

中島さん、奥様に、これと同じことをやれって言ってるのと同じですよ」

プロの仕事、趣味の作品、毎日の家事。

ちがうものなのに、なぜか料理に関してだけ、プロ並みを求めるのだ。

それも、自らは料理をしない人が。

腕を磨くのが楽しいという人、趣味にしている人が自ら望んでそれをするのなら、いい。

それ相応の対価を払った人が、それを望むのも、いい。

でも、毎日の家事としてやっている人に、趣味が高じて到達するレベルを求めるのは酷だ。

——そんなようなことを、桃子さんは柔らかい言い方で口にした。

「すみません……」

中島さんはしょんぼりしている。

でもたぶん、相手が不快を感じていることだけはわかって、反射的に謝っているに過ぎない。根本の問題を理解できるようなら、初対面の相手の怒りポイントを連続で押さえたりしない。

でも、彼はリハーサルをした。

奥さんのお膳立てがあったとはいえ、有給を取ってまで、娘に悲しい思いをさせないように頑張ろうと思ったのだ。

「たぶん、これだと思うんですけど……」

中島さんが棚から出してきたプラスチック製のお弁当箱には、有名なうさぎのキャラクターがプリントされていた。

巾着袋《きんちゃくぶくろ》も、フォークも、同じキャラクターのもの。

「お嬢さん、このキャラクター好きなんですか？」

「はい。小さいころからこの絵本読んでましたし、ぬいぐるみも持ってるし」

「よかった！　お子さんのお弁当だって聞いたので、キャラクターもののグッズはいろいろ持ってきたんです」

桃子さんは袋から、そのグッズを取り出し、テーブルの上に並べた。

「これは何ですか？　スタンプ？」

中島さんがキューブ状のプラスチックを手にする。

「海苔カッターです。ここに海苔を挟んで押すと、キャラクターの目とか鼻の形に海苔をくりぬけるんです」

くりぬいた海苔をピンセットで摘《つま》み、型抜きしたごはんの上にのせてキャラ弁を作るのだ、と桃子さんは説明した。

娘の味の好み、好き嫌いを確認してから、桃子さんは言う。

「本当は、好きなものだけ詰めてあげればいいと思うんです。でも、学校行事のときのお弁当って、他の子のお弁当が気になるし、見た目がきれいだとやっぱりうれしいと思うから、メニューはこうしましょう」

照り焼きチキン：メイン
ミニトマト：赤
卵焼き：黄
蒸しブロッコリー：緑
さつまいもの甘煮：紫
にんじんのナムル：オレンジ

食事をおいしそうに見せるこつは、シグナルカラー――赤、黄、緑を揃えること。オレンジと紫が加わると、さらに華やか。

多めに作り、冷凍できるものは冷凍保存して、後日の食事にすればいい。

「さ、始めましょう。腕まくりして、手を洗ってください」

さらり、と桃子さんは言った。

中島さんが目を見開く。

「え、僕も作るんですか⁉」

「ええっ⁉　できないんですか⁉」

ものすごくびっくりしたように、桃子さんが声を上げた。

桃子さんがびっくり顔のままわたしを見るので、わたしもとりあえず「信じられない」という顔をして見せた。

中島さんが慌てる。

「いや、いや……あの、ふだんは妻がやってますし、僕、習ってませんし」

「奥様も料理学校は行ってないと思いますよ。ご家族に教わりでもしなければ、家庭科で習っただけの方がほとんどですよ」

「……」

「私たちが二人で作ったほうが断然速くできますけど、パパが作ってくれたってわかったら、お嬢さん、うれしいんじゃないですか」

「そうです、ねえ……」

「大丈夫、難しいものは作りませんから。それに、わたしが作っても、明日の朝、お弁当箱に詰めるのは中島さんですよ。詰める練習しておいたほうが」

「今日詰めたもの、持っていっちゃダメなんですか？」

「ごはんって、冷蔵庫で保存すると、糊化《こか》しておいしくなくなっちゃうんです。冷凍しておいて、当日の朝、電子レンジで解凍するのがいちばん。お弁当ごと冷凍しておいて温める手もありますけど、ミニトマトは取り除かなきゃいけないし、ブロッコリーも再加熱すると水分出てくるからその処理は必要ですね……」

中島さんは黙っている。

桃子さんは頰に手をあてて、困ったようにわたしの顔を見た。

「ほら、お料理って、段取りとか手際の良さが必要でしょう？　仕事も同じじゃない？　仕事のできる方は、お料理もできるんだけど……できないなら仕方ないわね。二人でやりましょう」

「やりますよ！　やります‼」

中島さんが声を大きくして、やけっぱちのように言った。

赤の他人相手とはいえ、「仕事ができない」と思われるのは、耐えられないのだろう。

お米を浸水させ、野菜を調理するところまでは順調だった。

「季実ちゃん、復習のいい機会ね」と桃子さんが言うので、わたしがお米の洗い方や野菜の切り方を説明したのだけど、中島さんは料理をしたことないと言うわりに、器用にこなす。

にんじんは皮こそピーラーで剝いたけれど、あとはゆっくりながらも包丁で千切りならぬ百切り（ちょっと太い）にしたし、「茎から切り離したブロッコリーは、枝にだけ切り込みを入れて、あとはそこから手で裂く」と言われるとその通りにした。夕食に使うねぎのみじん切りも、フォークでねぎを裂いたあと、難なく仕上げた。

「なるほど、ブロッコリーはこうすれば、このつぶつぶが散らばらないいんですね」

コメントも的確だ。

「え、すごくないですか？　本当に初めて？　わたしより呑み込みが早いんですけど」

素直にわたしは感心した。

「まあ、これくらいはね」

得意げな言い方が腹立たしいけど、本当に器用なのだから仕方ない。

「あとは、照り焼きチキンと卵焼きですね。今日は卵焼きをマスターすることを最優先にしましょう。卵料理を作れると、お料理の幅がぐーんと広がりますし。チキンはレンジ調理で……」

桃子さんが言いかけると、即座に中島さんは言った。

「え、ダメでしょう、レンジは」

真顔だった。

「レンジ調理は手抜き」だというのだ。

すでにできている料理を温めるのに使うのはいいが、レンジで調理するのはダメだという。

「めんつゆと顆粒だしは甘え」

「レトルト食品は悪」

「出来合いの惣菜と冷凍食品はサボり」……

次々と中島さんの持説が披露された。

桃子さんは、うんうんとうなずいて聞いていた。

ずっと笑顔を浮かべている。――「ぶっとばすぞ」の笑顔だけど。

先ほど調味料を揃えるときに、わたしたちはキッチンのあちこちを探し、奥さんのレンジ調理のレシピ本やめんつゆ・顆粒だしを発見している。

奥さんの言う「ガタガタ」って、これか、と思った。

彼はこうして奥さんを否定しているのだ。

しかし、料理をしないのに、どうしてこんなにこだわりがあるのかわからない。

「自らお料理してる時点で手抜きじゃありませんし、体力とか気力とか時間とか、使えるリソースに応じた方法を選んでいるだけだと思うんですけど。どうして簡単な方法を選んではいけないんでしょう」

桃子さんの口調はあくまでも柔らかく、非難の響きはなかった。

「だって、ズルいじゃないですか。家事に手を抜くなんて。手間を惜しむなんて、愛がないですよ」

中島さんの答えには迷いがない。

桃子さんは、目を瞠《みは》り、手元に口をあてた。

「まあ、すごい！　中島さん、お嬢さんのお洋服、洗濯板でお洗濯してるんですね！」

手間をかけるのがよい、というなら、そういうことになる。

わたしは桃子さんの横顔を盗み見て、怯えていた。

めちゃ怒ってる……。

「いやー……うちの母はそういうとこ、ちゃんとしてましたよ」

皮肉は通じたらしい。中島さんがもごもごと言った。

なるほど、と思った。

料理をしない彼のかたくななこだわりは、嫁姑の関係を反映してのものなのだ。

たぶん、食事の状況を聞いたお母さんが、中島さんに向かって奥さんへのダメ出しをしているのだ。

「わかりました。フライパンで焼く方法と、レンジ調理、両方しましょう。やり方を知るだけならいいでしょう？　中島さんがこれからお料理するとき、レンジ調理が嫌なら、フライパンのほうを選べばいいもの」

桃子さんはそう言って、先に卵焼きから作ろうと言った。

すでに出来上がっているブロッコリーとナムルを小分けにして冷凍保存の準備をしながら、わたしは考えた。

奥さんは、離婚したいと思わないのかなあ。

中島さんは腹が立つし、義理のお母さんも面倒くさそうだし。

もちろん、欠点のない人なんていないことは知っている。

友だちを見ていても、若いころには簡単に付き合ったり別れたりする。それでも多くの人は結婚したあと、別れないで関係を続けていく。

いったい何が変わるのだろう。歳をとって忍耐強くなる？　それとも、恋人同士だっただけのころにはなかったよいことが、結婚にはあるんだろうか。

結婚はもちろんのこと、長くだれかと付き合ったことのないわたしには、全然わからない。

「いつもの卵焼きは甘いってことでしたから、今日もそうしますね。だしを引いて入れるとおいしいんですけど、水分が多いと傷みやすくなるので、今回はお砂糖とお醬油、みりんと料理酒で」

中島さんに卵を割らせながら、桃子さんが言う。

「わたしのほうは冷凍用にマヨネーズも入れます。卵焼き、普通に作って冷凍すると、水分が抜けてパサパサになっちゃうんです。マヨネーズ入れるとふわふわ食感がキープできるし、味にこくが出るんですよ」

卵焼き器に油を引き、桃子さんが見本を見せる。

「表面にぷつぷつって泡みたいなものができはじめたら、箸の先で泡をつぶして、巻きます。わたしは奥から手前。手前から奥でも、やりやすいほうでいいですよ。巻き終わったら、こう、端をちょっと持ち上げて、新しい卵液を入れます。三回に分けて、繰り返し」

お弁当に入れるので、傷みやすい半熟は厳禁。でも、余熱でさらに加熱されるので、火を通しすぎないように。

巻きはじめるタイミングが難しいので、桃子さんが「はいっ」「はいっ」と合図の声をかける。

調理中の中島さんはひどく静かだ。

「あっ、失敗した！」

卵を巻いていた彼が声を上げる。

「大丈夫、破れたところもそのまま寄せて巻いて」

卵を巻くタイミングに合わせ、中島さんが体を揺らしているのがおもしろい。

桃子さんが布巾の上にラップを広げた。

中島さんに代わって、卵焼き器の柄をつかみ、ラップの上に卵焼きをのせる。

ラップの端を折りたたみ、くるくると卵焼きを巻き込んで、ふきんで押さえて形を整える。

「こうすると、まだ柔らかいところがくっついて、きれいな形になります」

二つめの卵焼きを、中島さんが作りはじめる。

二回めとなると要領を得るのか、傍から見ていても、動作に無駄が減っていくのがわかる。

「おっ、今度はいけた！」

中島さんが声を弾ませる。

声が明るい。

「ほんと、色もきれいですね」

見せられた卵焼きを前に、わたしも声を上げた。

わたしなんて、いまだに卵を巻きはじめるタイミングに失敗して、ボロボロの卵焼きになってしまうのに。

「ちょっと味見してみましょうか。季実ちゃん、最初だけ切り方を見せてあげて」

ラップを外し、一本めの卵焼きをまな板の上に置いた。

「今回みたいに柔らかいものを切るときは、包丁は、こうやって手前に引いて切ります」

わたしの動作を見ながら桃子さんが説明し、中島さんに切らせる。

「お弁当のときは、冷めてから。熱々のできたてだと、柔らかくて崩れやすいから。お肉も、すぐに食べないときは冷めてからのほうが切りやすいし、肉汁がこぼれませんよ」

できて間もない卵焼きは、ふわふわとして、優しい口あたり。噛むと卵の風味とかすかな甘みが感じられる。

その後、照り焼きチキンを作り、炊きあがったごはんを型で抜き、お弁当が完成したのは十五時少し前。

楕円のお弁当箱の中央に、型抜きしたうさぎの形のごはんが二つ。

白いうさぎと、揉んで細かくしたかつおぶしを混ぜ込んだ薄茶色のうさぎ。

それらを固定するように、チキン、卵焼き、にんじんナムル、ブロッコリー、さつまいもの甘煮が詰まっている。

「わあ、可愛くなりましたね！」

わたしは声を上げる。

白、黒、赤、黄、緑、紫、オレンジ。カラフルで華やかだ。

「写真撮ります。明日の見本に」

中島さんも得意げ。携帯端末を出して、写真を撮っている。

「料理は冷めていくときに味が染みていくんです。照り焼きチキンは煮汁に漬けたまま、明日の朝まで置いておいてくださいね」

桃子さんの言葉に、彼は気まずそうに笑った。


そろそろ幼稚園のバスが来る、という中島さんと、マンションの下で別れた。

「桃子さん、顔に『ぶっとばす』って書いてあったね」

駅までの道を歩きながらそう言うと、桃子さんは照れ笑いをした。

「確かにそう思ってた！　『人の作った料理にケチばかりつけるやつは滅べ！』って思ってるの」

「わたしも結構、腹が立っちゃった」

「ふふふ。でもねえ、娘さんの弁当を用意してあげたいっていう、その心だけで、全部帳消しにすることにしたの。ああ、この人は、お弁当の日の悲しい気持ちやみじめな気持ちがずっと胸に残るのを知ってるんだなあ……って思ったから」

すでに花は散り、沿道の桜は萌黄色の葉を茂らせていた。

桃子さんは、その葉をまぶしげに眺めながら語った。

「わたしの父、娘の弁当代があったらギャンブルにつぎ込んじゃう人だったし、家も料理できるような環境じゃなくて。遠足の日は、母が前の日に勤め先からもらってくる売れ残りのお弁当だったのよね。仕方ない、用意してもらえただけありがたいって、頭ではわかってるんだけど、やっぱり子どもだから。同級生の、お母さんが早起きして張り切って作ってくれたんだろうなあ、ってわかる、手のかかったきれいなお弁当を見ると悲しくてね」

桃子さんの長いまつげが上下するのを、わたしは見ていた。

胸が、引き絞られたように痛くなる。

わたしのお母さんは料理が得意だったし、数日前から「何を入れてほしい？」と自分から訊いてくれる人だった。遠足の日、お弁当を開けるときには、わくわくするような気持ちでいっぱいだった。

だから桃子さんのような経験をしたことはなかったけれど、それでも、その悲しみやみじめさはわかる気がした。幸福な子ども時代を送ったわたしにも、無力であるがゆえに、自分にはどうにもできない、やるせない、悲しい思いをしたことはあったから。同級生のお弁当と自分のそれを見比べて、愛を量るような意識は確かにあったような気がするから。

「こうやってお弁当を作ったり、よその家のごはんを用意したりすることで、小さいころの自分とか、疲れ果ててた母を救いたい気持ちがあるのかも。昔夢見てたお弁当とか料理を作って」

「桃子さん」

思わず、立ち止まって、彼女の左手を取った。

彼女はびっくりして、わたしの顔を見上げた。

「あの！………ごめん、なんて言ったらいいのかわからない……」

勢い込んで口を開いたけど、どう言い表せばいいのかわからなかった。

小さいころの彼女を抱きしめてあげたいと思ったのだ。

「ありがとう。季実ちゃんの思ってくれてること、何となくわかる」

桃子さんがもう片方の手を、わたしの手に添えて握り返し、くちびるの両端を上げて見せた。

本当に唐突にだけど、いまだに桃子さんの周りをうろうろしている久坂さんの気持ちがわかった気がした。

彼はかつて、わたしと同じように思ったんじゃないだろうか。悲しい思いをした彼女を、抱きしめたい気持ちに突き動かされたんじゃないだろうか。

男の人だから実際にそうして、だけど結局、離婚に至ってしまったことが心残りなのではないか。

「あら、中島さん」

桃子さんが声を上げる。

見ると、反対側の歩道を中島さんが女の子と手をつないで歩いてくるところだった。

「可愛い子」

顔をほころばせて、わたしは言う。

娘さんにちがいない。

ネイビーの帽子と制服。白い襟がまぶしい。

女の子は中島さんを見上げて何か話しながら、跳ねるようにして歩いていた。

それに応じる中島さんの顔は優しそうで、慈愛に満ちている。娘さんの顔にも「パパ大好き！」という気持ちがあふれている。

なんだか胸を打たれてしまう光景だった。

「ああいうところ見ちゃうと、『ぶっとばす』ポイントも帳消しになっちゃうんでしょうね、奥さんも」

中島さんと会釈を交わし合ったあと、再び駅へ向かって歩き出しながら、桃子さんが言う。

「帳消しになるかな？　『ぶっとばす』ポイント、多すぎる気がするけど」

「それ以上のいいところもあるのよ、たぶん。それに中島さん、素直だもの。まだまだ変わっていけるのよ」

「確かに、素直は素直かも」

結局、照り焼きチキンはレンジ調理のみで作った。

卵焼きを作り終えた時点で、中島さんが歯切れ悪く言い出したのだ。

「あの、チキンはもうレンジだけでも……時間もありませんし」

たぶん、疲れてしまったのだと思う。初めての料理で、何品も作ることになって。

本当はまだ終了時刻まで三十分以上あった。

それでも、桃子さんは「そうしましょうか」と応じた。

フォークで鶏もも肉にいくつもの穴を開けて、片栗粉をまぶし、調味料とともに耐熱容器に入れて、レンジで三分。裏返してまた三分。レンジ内に五分置いたままにして余熱に任せる。

お弁当に入れる照り焼きチキン。

ねぎのみじん切りを使ったよだれ鶏。

さっぱりした鶏のポン酢煮。

今回は、レンジ内ではなくバスタオルにくるむ形で余熱調理を行ったので、三種類作るのに三十分かかからなかった。

フライパンで作っても、調理時間自体はそれほど変わらなかったかもしれない。でも、調理している間に洗いものを片づけられるのは大きい。味付けを変えるために洗いものをする必要もない。

味見した照り焼きチキンは、しっとりとして柔らかかった。このあと味が染み込むはずだから、さらにおいしくなるだろう。

以前、桃子さんが作ってくれたチキンソテーを思い出す。

塩をすり込み、キッチンペーパーとラップに包んで二晩置いたというチキンは、身がしまってぷりぷりとしていた。味付けは塩だけなのに、鶏の旨味がぎゅっと詰まっている。こんがりと焼かれた鶏皮は、パリパリとして香ばしく、とてもおいしかった。

それに比べたら、レンジで作った照り焼きチキンは、負けてしまう。

でも、いつも手間と時間をかけられるわけではないし、常にベストである必要もない。

毎日のことなのだから、一回一回の質よりも続けることが大切なのだ。

長年培われてきた「手間暇」信仰が、そんなに簡単に崩れるとは思えないけれど、実際に料理をしてみて、中島さんの認識も少しは変わったかもしれない。


翌朝、わたしと桃子さんは、下宿屋のすべての窓を開けた。

ふだん使っていない二階はもちろんのこと、空室になっている一階も、結構ほこりがたまっている。

建物の中に風を通して、あちこちに掃除機をかけた。

昨晩、夕食のときにおばあちゃんが言い出したのだ。

「季実が静岡に帰るにしても、ここに残るにしても、あと一人二人は下宿させてもいいかもしれない」

以前は、早く下宿屋を閉めたいと言っていたのに。

おばあちゃんは特に理由を言わなかったけど、わたしが両親のところに帰るかもしれないと思って、淋しくなったのかもしれない。わたしと桃子さんと、三人の日々が楽しかったのかもしれない。

うぬぼれかもしれないけど、そう思った。

「いいですね。働いてる人とか学生さんに、需要があるんじゃないかしら。ごはん食べさせてくれる賃貸。わたしも収入が増えるのは大歓迎」

料理担当の桃子さんは大賛成。

「まあ、息子がいいと言ったらだけどね」

「なんで伯父さんが出てくるの？」

わたしは訊ねる。

お母さんの兄である伯父さんは、都内に住んでいるけど、家は神奈川県寄りの場所にあるし、例のおばあちゃんの物言いのせいで、行き来はそんなに頻繁じゃない。

「私に何かあったとき、管理するのは息子だからね」

短く言うおばあちゃんに、桃子さんが答える。

「でも、息子さんがわたしを住まわせていいって言ったのは、離れて暮らすすみれさんが心配だからでしょう？　いざってときのために、人手は多いほうがいいんじゃないかしら」

そんなやり取りがあって、何となく、掃除をすることになった。

二階の小さなバルコニーに三人分の布団を干し、踊り場のステンドグラスや電球の拭き掃除をした。窓を拭くと、家の中が明るくなる。

布団を裏返しに行ったついでに、自分の布団に顔を埋めた。日光で温まった布団は、ふんわりとして気持ちがいい。

暖かい風が、髪をさらっていく。

どんどんと世界が動きだした感じがあった。

「季実ちゃん」

呼ばれて振り返ると、桃子さんが廊下とバルコニーの間の扉を開けて顔を出していた。

「なあに、気持ちよさそうね」

「温かいよ」

「どれどれ」

自分の布団に寄りかかり、桃子さんはしばらくその感触を堪能していた。

「中島さんがメールをくださったの」

ポケットから取り出した携帯端末を差し出す。

見ると、画面に写真が表示されていた。

昨日と同じうさぎのお弁当。その隣に、スライスチーズをのせたトースト、そしてお椀に入ったスープらしきものが写っていた。

拡大して見ると、お椀には半透明になった小さな玉ねぎが丸ごと入っていて、琥珀色の液体の中にミックスベジタブルや刻んだハムらしきものが見える。

メールの文面も見た。

出張料理みなづき
皆月桃子様

お世話になっております。昨日はご指導をありがとうございました。
今朝、無事に娘の弁当を用意し、持たせることができました。
妻の料理本を見て、昨晩、スープも作ってみました。電子レンジだけでいろいろできるのですね。目から鱗が落ちた思いです。

中島武久

「手抜きとか言って、あんなに電子レンジ拒否してたのに……？」

わたしは唖然。

「だって、おいしいものが、あんなに簡単にできちゃうんだもの。いろいろやってみたくなるでしょう」

布団に顔をうずめていた桃子さんは、顔を上げて笑った。

「新玉ねぎのレンジ蒸し、おいしいのよね。バターのせてポン酢かけてもいいし、玉ねぎにバッテンの切り込み入れてコンビーフやツナを詰めてもいいし……お返事におすすめを書いておくわ」

ハードルを上げると、取りかかりにくくなってしまう。

最初は簡単なものから始めて、最初の「作ってみる」というハードルを越える。それで、「もっとおいしいものを！」と欲が出てきたら、別の作り方、別のメニューにチャレンジすればいい。

最初のハードルを越えたのだから、今回のことは、中島さんにとっては大きな一歩。

そう桃子さんは言った。

「料理できるって、絶対損にはならないと思うのよね。節約とか健康とか、そういうもののためっていうのもあるかもしれないけど、単純に、何かを作るのはおもしろいし、自分で自分の暮らしを管理できると自己肯定感も上がるし。もともと、人間の体って、おいしいものを食べたら幸せを感じるようにできてるんだもの。自分で自分を幸せにできるってすごいことじゃない？」

風に吹かれて、桃子さんの髪が流れていく。

バルコニーからは大学のキャンパスの青々とした木々や古めかしい建物が見え、人々の気配のようなものが伝わってくる。

布団の上で肘を枕にして、桃子さんは遠くを眺めていた。

「わたしに料理を教えてくれた人はね、こう言ってたの。料理人は実入りのいい仕事じゃないかもしれないけど、腕を磨いたら食いっぱぐれることはないって。人間は食べることから絶対に逃れられないし、おいしいものを追い求める心は、今も昔も、これからも変わらないから」

布団に頬杖をつき、わたしは桃子さんを見た。

「……ありがとう。わたしを立ち直らせるために呼んでくれたんだね」

おばあちゃんが淋しいなんて言うはずないのだ。それは最初からわかっていた。

きっと、心配性の両親とわたしを引き離すために呼んだのだ。

でも、それだけじゃなかったのだろう。

今、桃子さんの話を聞いてそれがわかった。

東京へやってきたわたしは、桃子さんのおかげで、自己嫌悪の沼から少しずつ這い出すことができた。

最初にわたしのために作ってくれた、あの昼食。あのときはわからなかったけれど、食欲を失っていたわたしが食べやすいようにいろんな工夫がほどこされていた。口に運びやすいように、飲み込みやすいように、薄味だけど風味はしっかり感じ取れるように。

おいしいという感覚を取り戻した。ごはんを炊いて、無為の時間に落ち込むことがなくなった。憧れの人に、ささやかでもしてあげられることができた。

あなたが上手くいかなかった仕事は、たくさんある仕事のうちのたった一つ。世の中には料理をするという仕事もあるのだ――彼女はわたしにそのことを見せようともしていたのかもしれない。

桃子さんは大きな目をわたしに向けて、微笑んだ。

「すみれさんも、ああいう物言いはするけど、困ってる人を放っておけない人だから。それがわかってるから、季実ちゃんのお母さんも、いざというときはすみれさんに相談するし、頼りにもするのよね」

彼女は結局、自分の心遣いだとは言わなかった。

でも、わかる。

両親と、おばあちゃんと、桃子さんと。常にだれかの愛が近くにあって、わたしはここまでやってきた。

皐月
別れの食卓

ベージュのスーツを着た季実ちゃんは、いつもより大人っぽい。

背が高いし、運動をしていたからなのか体幹がしっかりしていて、姿勢を正すと見栄えがする。

それでいて、ショートカットの丸いフォルムの髪や、透明感のある肌には、若々しさや健やかさが漂っていた。

「季実ちゃんを落とすような会社は、こっちから願い下げよ」

下宿屋の玄関で、わたしは言った。

隣で、すみれさんもうなずく。

「選ばれようと思わず、自分が選ぶつもりでお行き」

スーツと同じく静岡の家から送ってもらったというパンプスを履き、季実ちゃんは困ったような顔をする。

「あのね、まだ何も決まらないから！　今日の合同説明会は、いろんな会社の説明を聞きにいくだけ！」

「え、そうなの？」

そう答えると、季実ちゃんが眉尻を下げる。

「やっぱり！　桃子さん、朝から『ご縁を結ぶ』っていっておむすびにするし、お昼は『勝負に勝つ』のカツサンドだって言うし、勘違いしてると思った！」

「だって、わたしが働くとき、行ってすぐに決まるから……」

調理スタッフ募集の貼り紙を見て「働きたい」と言ったら、実技を見せて即決だった。

季実ちゃんの就く仕事の場合は、説明会に行って何度か面接をして決まるのだという。

「なんだ、結構面倒なんだね。でもまあ、そうだね、お互い相性がいいかどうか、見極めなきゃいけないからね」

同じく就職活動をしたことがないすみれさんも、感心したように言う。

「でも、ありがとう。カツサンド、楽しみ」

お弁当を入れた肩掛けのバッグに手を添え、季実ちゃんが顔を上げる。

「じゃあ、いってきます」

「いってらっしゃい」

すみれさんと二人、季実ちゃんの背中を見送る。

庭の木々が日差しを反射して、まぶしいほどだった。

萌黄色のつつじの木から、ところどころに濃いピンク色が顔をのぞかせている。花が咲きだしそうだった。

もう四月の末。春から初夏へ、季節は移り変わろうとしている。

「ありがとうね、付き合ってくれて」

靴を履き、わたしを見上げて、すみれさんは言った。

わたしは微笑む。

「よかった、すっかり元気になったみたいで」

二月に初めてここへやってきた季実ちゃんには、本当に生気がなかった。午後に起きたというだけで落ち込んでいたし、何をする気も起きないようだった。

今は、元気がありあまっているようで、すみれさんの家でテレビを見ているときなんて、スクワットしたり腕立て伏せしたり。

「なんでそんなことするの？　部活もないのに」

一緒にテレビを見に行った日、びっくりして訊いたら、彼女もびっくりして答えた。

「え……わかんない。就職するまでは、普通にやってた。時間を有効活用しようとしてたのかも。テレビ見てるとき、体は暇だから」

これまで身近にいなかった体育会系女子の生態が、ちょっとおもしろい。

すみれさんを玄関で見送り、食堂に戻ってカツサンドの残りを作った。

食パンには隅々まで丁寧にからしマヨネーズを塗り、千切りにしたキャベツをのせる。今日の主役はカツだから、キャベツは少なめ。

昨晩揚げた豚カツをトースターで温め、キッチンペーパーで包む。

ここで余計な油を取っておくと、ソースが馴染みやすくなるのだ。

すみれさん用のカツには、隠し包丁を入れておく。彼女は健啖家《けんたんか》だけど、やっぱり噛む力は弱くなっているようだから。

二つのサンドイッチをラップに包み、冷蔵庫に入れた。

切るのは、こうしてパンと中身を馴染ませてからだ。

噛むと小気味よい音を立てるきつね色の衣に、はじける脂、肉汁のにじみ出る肉の食感。そんな揚げたてのおいしさは当然なくなってしまうけれど、時間をおいてから食べるカツサンドにはまた別の良さがある。衣にはソースが染み込んでパンと馴染み、肉は揚げたてよりもどっしりとした存在感を持っておなかを満たしてくれる。

あとはお昼の楽しみとして、包丁とまな板、キッチンバットを洗い、調理台を拭いて、シンクの水気を拭い去った。

キッチンを使う前の状態にリセットするのは、気持ちがいい。

料理が好きだ。

工夫次第で無限のバリエーションを生み出せる、「おいしいもの」。

それを、自分で作って食べられるのがうれしい。自分のおいしいと思うものを、だれかに食べてもらえるのが楽しい。

料理に出会わなかったら、わたしはどんなふうに生きていたのだろう。全然、想像がつかない。

片づけを終えて、メールチェックをすると、〈みなづき〉のアドレスに新しくメールが届いていた。

〈みなづき〉の連絡先は、web上では公開していないから、連絡をしてくるのは知り合いかお客さん、お客さんが新しく紹介してくれた方に限られている。

久坂さつき

表示された送信者名に、はっとした。

メールを開く。

希望日時：二週間以内の、平日の日中ならいつでも
依頼内容：あなたの作るものなら何でも

住所は、大阪市。

わたしは基本的に、自分の住んでいる地区周辺、遠くても往復三時間以内に行き来できる場所でしか依頼を受けない。

交通費を出してもらえるとしても、移動による時間と気力のロスが大きいから。

関西なんて、とんでもない。

でも、今回に限っては、一も二もなく依頼を受けることに決めた。

他に予約が入っていない日を選び、さっそくｗｅｂに上げているカレンダーで、その日一日を予約済みにした。

時計を見ると十一時。

彼女のお店も、まだ仕込みを始める時刻じゃない。

「お母さん、こんにちは。桃子です」

さっそく電話をかけた。

「なんや、えらい早いなあ。さっき申し込んだばっかりやんか」

回線の向こうからは、いつもと変わらない明るい声がした。

柔らかい口調。

胸がきゅっとなる。

さつきさんは、元夫である諒二《りょうじ》の母――かつてはわたしの義母だった。けれど、本当は、諒二がさつきさんの息子、と言うほうが正確だ。

わたしは、諒二より先にお母さんのほうと出会っているのだ。

東京に移り住んでからというもの、お母さんとは一度も会っていない。離婚したことで、会いにくくなってしまった。

それでも、誕生日には、互いにおいしいものを送りあっていたし、お礼の電話をかけていた。

「なんかなあ、久しぶりにあんたの作るもん食べとうなったんや。啓一《けいいち》の嫁さんも頑張ってくれてるけど、料理を仕事にしとるわけやないし、別にお勤めしてはるから」

お母さんは言う。

啓一さんは諒二の兄だ。

彼の妻になった女性に、わたしは会ったことがない。彼らが結婚したのは、わたしが離婚したあとだから。

二年ほど前に、結婚した啓一さんが家に戻ってきて同居しはじめたのだと、諒二から聞いている。

「お代はいらないからね。連絡くれたら、仕事じゃなくて普通に作りに行くのに」

拗《す》ねるような口調になった。

甘えがにじみ出て、ちょっと恥ずかしくなる。

「あかんあかん、私はわがまま言うて、もてなしてもらいたいねん。お客として」

「食べたいものは本当にないの？」

「『あなたの作るものなら何でも』て書いたやんか。桃子が一緒に食べたい思うもん、作ってくれたらええねん」

「じゃあ、じゃがいも料理にしようかな。最近食べた新じゃがが、すごくおいしかったの」

うきうきと言って、電話を切った。

一応、諒二にも知らせておくことにした。

事のいきさつを簡単に書いて、メッセージアプリで送る。

最近、彼は頻繁に大阪に帰っているようだから、予期しない鉢合わせをしたら嫌だな、と思ったのだ。

別に諒二のことは嫌いじゃないけれど、わたしが少し男の人と仲良くなりはじめると元夫面をして（実際に元夫なんだけど）邪魔しにくるのが腹立たしい。

わたしも諒二が別の女の人と再婚すると聞いたら、多少は嫌な気持ちになるだろうけど、「結婚したけど上手くいきませんでした」という厳然たる事実がすでにあるのだから、あまり会わないほうがいいのだ。

携帯端末を片づけ、わたしは最近書いたレシピノートを取り出した。

大阪に行くのは三日後。

何を作ろう。

おいしいものはたくさんあるけれど、一度に食べられる量は限られている。

お母さんの好きなものって、何だった？

考えているうちに、自然と心は過去に戻っていく。

優しくてもの悲しい、どこか甘酸っぱいような記憶だ。

四年暮らしても、その街のことは好きになれなかった。

父がおかしくなりはじめたきっかけが、大阪への意に沿わない出向だったのだから、当然といえば当然だったのかもしれない。

　喧嘩別れのように会社を辞めて、再就職も上手くいかず、ギャンブルにのめり込む。転落のお手本のような人生をたどりはじめた父は、十四歳のわたしにとっては、厄災でしかなかった。

　まともだった時期を知っている母は、「一時的におかしくなっているだけ。いずれ元に戻る」と信じていたようだけど、「一時的におかしくなった」だけの人は、娘の貯金箱を勝手に持ち出したり、学費を使い込んだりしない。酔っぱらって嫌なことをする人と同じだ。「一時的におかしくなった」のではなく、もともとそういう人で、隠れていた部分が見えるようになっただけ。

　大人になった今思うと、母は父を信じていたわけじゃなかった。ただ、父と対決する労から逃れていただけだった。母も消耗していたのだと思う。


　冬の終わりのその朝、わたしの傘がなくなっていた。

たぶんまた、父が持っていったのだろう。

　学校へ行く娘が困るだろうと考えもしない父に対する憤り。百円ショップの傘ですら、気軽に買い足せないやるせなさ。

それらが胸にわきあがり——でもすぐに消えた。

あきらめることに慣れていた。みじめな思いをすることが日常になっていた。

できるだけ濡れないルートを選んで学校へ行くしかなかった。

雨は、降ったりやんだり。まるで梅雨のようにぐずついた一日だった。

帰り道、飲み屋街の外れにあった小料理屋の軒下で、雨宿りをしていた。

雑然とした飲み屋街は何となく恐ろしかったけれど、〈小料理屋さつき〉と小さな看板を掲げたその店は小ぎれいだった。

軒下に置かれた台の上には、いつも季節ごとに盆栽というのだろうか、いろんな鉢植えの木が置かれていた。

そのときは、梅だった。

梅の花は白くて、蕊《ずい》は黄色く、萼《がく》が赤い。甘酸っぱい、胸の奥がうずくような、いい匂いがして、雨に濡れた寒さも空腹も、しばし忘れた。

芳香を堪能していたら、不意に背後に気配がして、店の戸が開いた。

着物の女の人が顔を出す。

きれいな人だと思った。歳は母より上に見えたけれど、たたずまいが美しい。

「どないしたん?」

その人は訊いた。柔らかい声だった。

「準備中」の札がかかっていたから、表にいても気づかれないと思っていた。油断していた。

「ごめんなさい、雨宿りさせてもらってます」

しどろもどろになって言うと、彼女は再び訊いた。

「あんた、前も来てたな。傘ないん？」

ぎくしゃくとうなずいた。

今日は朝から雨が降っていた。傘を持たずに学校へ行ったなんて、おかしいと思うだろう。

「これ、持っていき。今度返してくれたらええから」

一度戸の内側へ引っ込んだ彼女が、ビニル傘を差し出した。

「ありがとうございます。でも、父が持っていっちゃうから」

言いながら、耳が熱くなった。

恥ずかしくて仕方なかった。

「そうかー」

彼女は少し考えるようにして、言った。

「ただ立ってるんも暇やろ。雨やむまで、中入っとき。手伝うてほしいことあんねん」

彼女はわたしを店の中に招き入れ、タオルを渡し、手を洗わせた。

店の中はストーブで暖められていて、ずぶ濡れになっていたわたしは、ようやく人心地《ひとごこち》ついた。

客席に座らせたわたしの前に、彼女はお米の入った袋やら保存袋やら、ボウルに入った野菜やらを置いた。

「これ、五合ずつ分けて、袋入れて。そのカップ五杯分が五合。終わったら、エンドウの筋取って。こうやってやるんや」

彼女は絹さやを一つ取って、ゆっくり実演して見せた。

わたしが米を量っている間、彼女はしゃべらずに野菜を刻んでいた。

客席から、彼女の手元は見えなかった。

でも、規則正しい包丁のリズムは心地よく、伏し目がちの彼女の顔は美しかった。神聖な儀式を垣間見ているような気がした。

わたしの家に、「料理」はなかった。

昔は母も台所に立っていたような気がするけれど、東京から関西へ、３ＬＤＫから狭い格安アパートへと移り住む過程で、家の中から調理器具は姿を消した。

節約したいなら自炊を、というのは、実はある程度の経済基盤がある人にしかあてはまらない。

料理には初期投資が必要なのだ。調理器具や家電、調味料、油。体力も気力もいる。生活に余裕がなければ、自炊はできない。

母はわたしに洗濯や掃除、簡単な買い物はさせたけれど、食事には一切タッチさせなかった。子どもの裁量に任せるほどの余裕がなかったのだろう。母が勤め先から持ち帰るまで、家に食べ物はなかった。

そんな環境だったから、料理は、わたしには縁遠い、テレビや本の中にしかないものだった。

目の前の絹さやを見た。

柔らかい緑色、指先に吸いつくような、不思議な手触り。絹さや同士がすれ合うと、不思議な音がする。

筋を取りながら、どきどきした。

これが、どんな料理になるのだろう。

「うち、坊が二人おるんやけど、どっちも手伝いなんかせえへんねん。小学校まではやらしてたけど、中学から『勉強か手伝いか、どっちかはせえ』言うたら、上の坊は『勉強』言うて。まあ、ちゃんと大学まで行って稼ぎも家に入れとるさかい、こっちはええわ」

わたしがお米を量り終えたのに気づいたのか、彼女は話しはじめた。

「下の坊は、今、反抗期でほんま態度悪いねん。料理はなかなか上手やさかい、役に立つ思たのに。高校卒業したら、調理学校行ってイタリアンのコックになる言うてるわ。『そんなら修業になるさかい、もっと手伝い』言うたら『和食はダサい』言うねん！　『板前の髪型はモテテん』て。いくらイタリアン言うても、あの子の服のセンス、変やねんで。あんな服着てたらモテへんわ！」

話しているうちに怒りがぶり返してきたのか、彼女はぷりぷり怒っていた。

その口ぶりにも、どことなくおかしみがあって、わたしは笑った。

押しつけがましくてずうずうしいと思っていた関西の言葉の響きが、そのときばかりは好ましく思えた。

筋を取り終えた絹さやを一つ手に取り、彼女は言った。

「あんた、器用やな。きれいに取ったあるし、早い」

そのときの甘やかな気持ちを、はっきり覚えている。

勉強以外にも自分にできることがあるのだ、という安心感のようなものだったのかもしれない。

そのあと、調味料を量って混ぜ、彼女が茹でた卵の殻を剝いた。

「店のやのうて、うちのごはんやさかい、剝くの失敗してもええねんで」

ひびを入れた卵の殻は、冷水の中で簡単に剝けた。

つるりつるりと、卵を剝くのはおもしろかった。

なにか、これから楽しいことが始まるような予感がして、どきどきした。

「これ、お手伝いのお礼。残りもんで悪いけど」

最後に彼女は食事を出してきた。

折敷《おしき》の上に並んだ、ごはんと豚汁。そこから立ち上る白い湯気。

白米は一粒一粒が真珠のように光っていて、豚汁には刻んだ青菜があしらわれ、箸は箸置きの上にセットされていた。

それだけで、わたしの中でそれは「たいそうなもの」になってしまった。

「いただけません」

反射的に言った。

おなかは常にすいていた。成長期なのに、わたしの背はたいして伸びなかったし、体に全然肉がつかなかった。

でもだからこそ、簡単に食べものをもらってはいけないような気がしていた。

「お礼受け取ってもらえなんだら、次から頼みにくくなってまうわ。言うたやろ、うちの坊らは手伝いせえへんねん」

方便だったと気づいたのは、ずいぶんあとになってから。

そのときは、素直にうなずいて、箸を取った。

正直なところ、最初は「味が薄い」と思った。

インスタント食品やスーパーの惣菜に舌が慣れていて、味がない、とまで思った。

でも、温かかった。

口から喉へ、胃へ。

食べ物が通っていくのがわかったし、その過程で体の中からじんわりと染み渡ってくるものがあった。

ごはんはつやつやとして、粒が立っていた。ふだん食べている、ぼそぼそしたお米とは、同じ名前を持ちながら全くちがうもののように思えた。

豚汁の表面では、溶け出した豚の脂が小さな粒になってきらきら光っていた。にんじんもごぼうも油揚げもこんにゃくも、全然好きじゃなかったのに、どれもこれもおいしかった。

優しい優しい味がした。

胸の奥底からこみ上げてくるものがあって、気がついたら涙がこぼれた。

仕方ないとあきらめていたいろいろなことが、本当は全然仕方なくないのだと、思った。

早く働いて、自分で稼いで生きていきたいと、切に願った。

　さつきさんはわたしが泣いていることには一切触れず、せっせと何かを叩いたり巻いたりしていた。

「ごちそうさまでした」

　食べ終わったわたしが顔を拭いながらそう言うと、彼女は答えた。

「おそまつさまでした」

　奥に行って戻ってきたかと思ったら、折りたたみ傘を差し出した。

「家に着いたら拭いて、ポリ袋に入れて鞄に隠しとけばええわ。うちの坊が昔使うてたやつやさかい、あんま可愛ないけど」

　そして、付け足した。

「今日のことは、お母さんには黙っとき。母親はな、ごはん食べさせてもろたて聞いたら、お礼に行かなあかんとか、自分の手落ちやったとか、いろいろ考えてまうねん。考えてもどうにもでけへんねやったら、黙っとき」

「……はい」

「平日……そやな、十三時までに学校終わる日あったら、またおいで。料理教えたげる」

　そうして、彼女との付き合いは始まった。

　ごはんを炊き、野菜を切り、卵を茹でて、肉を焼いた。

「野菜は、こう覚えといたらええわ。いもとかごぼうとか、土の中で育つもんは、水から茹でる。ほうれん草とかキャベツとか、土の上で育つもんはお湯が沸騰してから入れる」

「炒めもんで使う野菜は、炒める前にさっとお湯に通すんや。面倒でもやっとくと、水っぽくならんし、時間経ってもシャキシャキしてる」

隣に並んで一つ一つ教えてもらった。

あのときの優しい声。

無駄のない、美しい手つき。

料理の楽しさを教えてくれたのは彼女だった。

「別に私は優しい人間なんかやないで。たまたま、あんたの顔が可愛かったから声かけたんや。腹立つ坊と暮らしとると、素直な女の子は癒やしやねん」

後日、彼女はそう言ったけれど、わたしにとっては慈母であり、恩人だった。


人生の転機の一つめは、さつきさんに出会ったこと。

二つめの転機は、中学の卒業式の翌日、やってきた。

母がいなくなったのだ。

朝、目覚めて最初に覚えた違和感。パジャマの袖の下に何かある。

ごそごそと手にして布団から出して見た。

銀行の預金通帳と、印鑑だった。通帳は見慣れないものだったけれど、印鑑は知っていた。卒業記念に小学校でもらったものだった。

通帳に印字されていた金額は、およそ五十万円。

上半身を起こし、通帳を手にしてしばらくぼんやりしていた。

八畳の古アパートの畳は色あせ、カーテンごしの光が淡く畳を照らしていた。

昨日のことを思い返した。

卒業式のあと、珍しく母とファミレスに行って、ランチを食べたのだった。

母はこれまた珍しく、ビールを飲んでいた。ほんのり頬を染めて、高校生になったらやりたいことをわたしに訊いた。

「これからいくらでもいろんなことができるね」

夢見るように彼女は言った。

すぐに働いて稼ぎたい、と言ったわたしを押しとどめたのは母だった。

大学までは行かせてやれないけれど、高校は出ておいたほうがいい、と彼女は言った。学がないと、働くのにも苦労するから、と。

でも、お母さんは大学を出ているのに苦労してるじゃない。そう思っていた。

パートタイマーの仕事をかけもちしていた母は、疲れ果てていた。働いても夫に稼ぎを奪われるし、生活が楽になる見込みもない。

逃げればいいのに。

そうわたしが思っていた通り、母は逃げたのだ、とわかった。

ただ、自分が置いていかれるとは、まったく予想していなかった。


呆然としていたのは、二時間ほどだった。

わたしははっと我に返って、急いで顔を洗い、着替えた。

お父さんが帰ってきたら、取られてしまう。逃げなければ。

それだけが頭の中にあった。

「五十万円あります。これでおいしいものをおなかいっぱい食べさせてください」

「準備中」の〈さつき〉へ行ってそう言うと、さつきさんは笑った。

「あんた、うちのことどんな高級店や思てんの。あんたはまだお酒飲めへんから、三百回来ても余裕でおつり出るわ」

笑いごとではなかった。

どうやって母がこれを父から隠し通していたのかわからないけれど、わたしがこれを父から守り通せるとは思えなかった。

父に見つかったら、あっという間にギャンブルで溶かされてしまう。

その前に、一時だけでも空腹から解放されたかった。おいしいものを食べたかった。

さつきさんは、客席に回り、わたしの隣に座って、通帳を見た。そして、わたしと目を合わせて言った。

「女一人で旦那から逃げるんやったら、これは喉から手が出るほどほしいもんやで」

彼女の言ったのは、それだけだった。

それをわたしは、母を庇《かば》っているのだと受け取った。

母は自分のことだけ考えた勝手な人間ではないのだと。

どうして母を庇うのかと、腹が立った。高校に行けといって受験勉強させたのに、この状況では合格しても高校に行けないのだ。

母のためではなく、わたしのためにそう言ってくれたのだ。今ならそれがはっきりとわかる。

あなたのことを考えていなかったわけではないのだと、そう言ってもらったことが、どんなにわたしを慰めたかわからない。

どこかで元気で暮らしていてくれたらいい。実母を恨まずにそう思えたのは、このときの彼女の言葉のおかげだった。

「まず、中学に電話して、担任のセンセに相談しといで。こういうのは、センセのほうがわかってはるやろうし。一緒に行ったほうがええんやったら、行ったげる」

そう言ってから、彼女はしばらく間を置いた。そして、姿勢を正し、あらたまった口調で告げた。

「あんたが、もし料理で身を立てたいんやったら、教えられるもんはみんな教えたげる。飲食業はな、たいてい実入りのええ仕事やないけど、確かな腕があったら食いっぱぐれんさかい。なんせ、人間は食べへんことには生きていかれへんからな」

料理を仕事にしなくても、きっと無駄にはならない。

お金がなかったとしても、技術があれば、それがないよりはずっと食材をおいしくすることができる。自分を幸福にできる。望めば、人を喜ばせることもできる。

そして彼女は、父に怯えていたわたしの胸に最も響くことを言った。

「それに、お金とちごうて、だれもあんたから奪えんのやで。知識と技術は、あんただけのもん」

料理を習いはじめたころのことを思い出したら、またふつふつと意欲がわいてきた。

夕食は、いつも以上に丁寧に作った。

冷凍の海老は、塩と重曹を溶かした水に漬けておく。浸透圧の関係で旨味が閉じ込められるうえに、水っぽさのない、ぷりぷりした食感になるのだ。

解凍できたら、鮮度が命の空豆とあわせて、フリットに。

明日のお昼にも食べたいから、衣は炭酸水を使って作る。揚げた直後は、ただの水を使って作った場合と大差はない。でも、炭酸水で作ると、時間が経ってもサクサク感がキープされる。これは天ぷらも同じ。

「フリット、おいしかった！　空豆がほくほくしてて、甘くて」

夕食のあと、食器を洗いながら季実ちゃんが言う。

軽く拭いた食器を椀籠に入れ、わたしは答えた。

「頑張って薄皮剝いた甲斐があったわね。明日のお昼は、フリットサンドにする？　レタスと一緒にコッペパンに挟んで。フリット丼でもいいけれど」

「サンドがいい。今日のカツサンド、すごくおいしかったから」

「じゃあ、明日の朝、レタスを三枚洗ってね」

「わかった！」

季実ちゃんの食欲はすっかり元に戻ったようだった。

中学生だったわたしを店に招き入れた、あの日のさつきさんの気持ちが、最近になって少しわかるような気がしてきた。

人が元気に食べているのを見る喜び、というのがあるのだ。

それは、「自分がおいしくて幸せ」「自分の作ったものをおいしそうに食べてくれてうれしい」とはまた別のもの。

自分が作ったものでなくても、こういう気持ちはある。

歳を重ねた人が、若い人にごはんをおごりたがるのは、そのためもあるんじゃないだろうか。「そうしなければならないから」「格好つけたい、余裕のあるところを見せたい」とは別の、「生命力にあふれた姿を見て、うれしい」という思い。

すみれさんの家のお風呂を借りて、自室で一息ついたところで、携帯端末が鳴りだした。

表示を見ると、「久坂諒二」。

彼の返信は、たいてい勤め先のレストランが終わったあとに来る。いつも文字のやり取りで済ませているから、電話がかかってくるのは珍しい。

「おかんは何も言うてへんのやろ」

前置きも何もなしに、暗い声で諒二は言った。

「言ったよ、久しぶりにあんたの作ったものが食べたいって」

「…………」

沈黙から、彼の逡巡が伝わってきた。

「どうしたの」

不安になって訊く。

意を決したように、諒二は言った。

「おかんな、もう長ないねん」

二年前に病気が見つかったこと、発見されたときにはかなり進行していたので、痛みを和らげる治療だけをしていたこと。一年持たない、と言われていたのに、二年生き延びたこと。

静かに、彼は説明した。

言葉の意味を理解するまでに、時間がかかった。

「……そんな、だって、五年しか経ってないのに」

ようやく声を出せたと思ったら、泣いてしまった。

最後に会ったとき、彼女は元気だったのに。

いつでも帰ってきてええんやで、と冗談めかして言って、手を握ってくれたのに。

「五年もあったら十分や、病気は」

静かに諒二は言う。

信じられない、と思う一方で、いろんなことが腑に落ちた。

勤め先の東京進出にともなってオープニングスタッフとして東京に出てきたのに、諒二は一年経ってから勤め先との雇用契約を解消して、業務委託に切り替えていた。出張料理が可能だったのはそうしてフリーランスになっていたためで、わたしは「いずれ独立するつもりなのかな」くらいにしか考えていなかった。

頻繁に大阪に帰っていたのも、お母さんと過ごすためだったのだ。

啓一さん夫婦がお母さんと同居しはじめたのも、同じころ。

「どうして教えてくれなかったの」

「知らされた人が、暗い気分になるやんか」

お母さんがそう言ったのだ、と説明されなくてもわかった。

聞かされた人が困る。いろんなことを遠慮しなければならなくなるし、何より、これから死にゆく人にどんな態度をとったらいいのかわからない。

そんな期間は短いほうがいいと思ったのだ。周りの人には、何も知らないまま、ふだん通りの態度で、いつもの時間を過ごしてほしいと思ったのだ。

そういう人だった。

「火曜日、一緒に行こか？」

諒二が言う。

「……お店は？」

「そのための業務委託やで」

「お願い」

今だって、頭がおかしくなりそうだった。

一人でお母さんに向き合うことなんて、とてもできない。


諒二と初めて会ったのは、十五歳の春、四月一日の夜だった。

日付まではっきり覚えているのは、この日が〈小料理屋さつき〉のアルバイトを始めた日だったから。

十五歳の三月三十一日までは、子どもを働かせてはいけないという法律があるそうで、さつきさんはその日まで決してわたしを店に出さなかった。

「可愛いやろ。桃ちゃん。今日からうちの子になったんや」

初めのアルバイトの日、お客さんにさつきさんはそう言った。

実際、わたしはそこに住んでいたわけではなかったのだけども、そう言ってもらえてどんなにうれしかったかしれない。

お客さんは、静かで優しい人が多かった。

一人で来て、夕飯がてらお酒を少し飲んで帰る、というサラリーマン風の人が大部分。

飲み屋街のはずれにあったこと、決して安い店ではなかったことが、お客を選ぶことになったのだと思う。

会話に入りたかったら入ればいいし、入らなくても別によい。入らなくても疎外感は抱かない。お客さん同士がさつきさんを介してゆるやかにつながっていて、でもつながりを強制されることもない。常にドアを半分だけ開けている、という感じがあった。

よいお店だと思った。

「今のうちに、奥でこれ食べといで。坊がおったらどかせばええわ」

お客の途切れたタイミングを見計らって、さつきさんがわたしに折敷を持たせた。

そうして促されて入った奥の自宅エリアに、彼はいたのだ。

雑然とした居間で、高校のジャージを着た彼はラーメンを食べていた。

テレビもつけていなかったし、携帯端末も見ていなかった。食事をおろそかにしない人の息子はそうなのだと、感心したのを覚えている。

お邪魔します、と小声で言って入ってきたわたしを、彼はぽかんとして見ていた。

「アルバイトの皆月桃子です。今日からお世話になります」

頑張って声を張った。

体の小さかったわたしは、萎縮していた。二学年上だと聞いていた彼は、ずいぶん大きく見えた。

「……久坂諒二です」

呆けていた彼は、そう言ってから箸を置いた。

テーブルの上に積んであったものを脇によけ、わたしのスペースを作ってくれる。

持たされた折敷に、まったく同じ揚げ出し豆腐と野菜の煮ものが二鉢ずつのっているのに気づいて、わたしはそれらを一つずつ彼の前に置いた。

「『桃ちゃん来たさかい、あんたは出てってええで』言うねん、うちのおかん」

彼はそう言って笑った。

三年後に結婚することになるとは思わなかったし、当然、その結婚生活がわずか五年で終わることになるなんて、想像もしなかった。


三十歳になった諒二は、眼鏡のおじさんの絵がちりばめられた変なシャツを着ていた。

どうして、よりにもよってそれを買うの？

不思議で仕方ないけど、口に出したことはない。

服なんて本人が着たいものを着ればいい。それに、諒二は顔がいいし、料理もできるし、性格もまあ、悪くない。まともな服を着たらモテてしまう。変な服を着ていたほうがいいのだ。

「ごめんね、家に来るたび邪険にして。またわたしの恋路を邪魔しに来てるんだと思ってた」

新幹線の中で、わたしは謝った。

二年もお母さんの病気のことを抱えていたのだ。

きっと彼は苦しかったのだろうし、お母さんを知っているわたしとその苦しさを共有したかったにちがいない。でも、言わないで我慢していたのだ。

殊勝に言ったわたしに、隣に座った彼は眉を上げた。

「また、て。二回しかしてへんやろ」

「普通は一回もしないの！」

優しくしようと思ったのに、ついつい口調が怒ってしまう。

結婚してからは、いつもこうだった。

離婚したからといって、別に劇的なことがあったわけじゃない。浮気はしなかったし、されなかった。暴力もなかった。

ただ、結婚するのが早すぎたのだと思う。

まだ人間関係のこともよくわかっていない未熟な子どものうちに、最初に付き合った相手といきなり「一生一緒にいましょう」という契約をしてしまった。破綻するに決まっている。

「おかんの話やけどな」

大阪までの新幹線の中で、諒二は事情を話した。

二年前に病気が見つかったこと。

兄の啓一さんは祐佳《ゆうか》さんという同僚の女性と三年前に結婚して賃貸マンションに住んでいたが、お母さんの病気が発覚してからマンションを引き払い、お母さんと同居することになったこと。

祐佳さんは嫌な顔もせずに、啓一さんと一緒にお母さんの世話をしてくれるが、嫁姑の仲はしっくりこない。悪くもないが、良くもないという状態であること。

祐佳さんとの間に小さないざこざが起こるたび、お母さんに、

「アホ！　あんたが離婚なんかせなんだら！」

とののしられたこと。

「お店はどうしているの？」

わたしは尋ねた。

さつきさんが大切にしていた小料理店だ。

わたしがアルバイトをしていたのは三年間だけ。

「本当に料理人としてやっていくつもりなら、大きい店に勤めたほうがいい」

そう彼女にすすめられ、わたしはレストランに勤めはじめたから。

その後はアルバイトも雇わずに一人で切り回していたはずだ。

「体調悪いな思たときから休み休み続けてたけど、今はもう完全休業や。でも、毎日夕飯食

べに来とった人もいてはるやろ。今でも心配してくれてんねん」

それが新たなトラブルの種になりつつあるのだと、諒二は言った。

慕われていた店を畳むのを躊躇した啓一さんが、脱サラして店を継ぐと言い出したのだ。

「銀行辞めちゃうの？」

彼は、わたしがさつきさんと出会ったとき、すでに社会人だった。

社宅に住んでいたし、わたしが諒二と結婚していた間は義兄妹として交流があったけれど、それほど頻繁に会っていたわけじゃない。

でも、彼が優しい人で、久坂家の王子さまだったことはわたしも知っている。

子どものころから優等生で、久坂家の家系では珍しい大学卒。

歳が離れていたせいもあるのかもしれないけれど、諒二も特に対抗意識を燃やすことなく、「うちの兄貴、めちゃ賢いねん」と人に自慢していた。

母が大切にしていた店を残したい、と彼が考えるのはわからないでもなかった。

「おかんも祐佳さんも、反対してるわ。意見一致してるやろ。なのに、なーんでか、ギスギスしてんねん、あの二人」

諒二が言うには、祐佳さんは賢くて落ち着いた人だという。

啓一さんが結婚した人だから、悪い人ではないにちがいない。

愛にあふれたさつきさんが、祐佳さんとは上手くやれていないということが不思議でならなかった。


五年ぶりに会ったさつきさんは、すっかり痩せて小さくなってしまっていた。

初めて会ったころの、発光しているような輝きは、もうない。

「お母さん」

覚悟はしていたつもりだったのに、顔を見るなり、泣きだしてしまった。

ベッドの上で身を起こしたお母さんは、笑った。

「あんた、病気の人間の前で泣きだすて、最悪やで」

「ごめんなさい」

痛みのないように、そっとその体を抱きしめる。

かつてわたしを抱きしめてくれた人は、すでに抱きしめ返す力も持たないようだった。

「今日だけじゃなくて、明日までいるよ。一泊するから」

「ごめんな。泊まってって言いたいとこやけど、啓一も祐佳さんもおるし、お互い気ぃ遣うんやないかと思て」

「本当にリクエストないの？」

「ない。あんたの好きなもん作ってくれればええわ」


ヘルパーさんが来てくれている間、諒二と買い物に出たついでに、かつて住んでいたアパートを見にいった。

住んでいたときよりさらにみすぼらしくなって、今にも傾きそうな風情ではあったけれど、取り壊されることなくまだそこに存在していた。

集合ポストの名前を見る。

かつて住んでいた一〇二号室の名前は「皆月」ではなくなっていた。安心した。

「あのあと、親父とは？」

諒二が訊いた。

「会ってない。わたしの居場所、知らないと思う」

「よかったやないか」

「うん」

一度だけ、諒二はわたしの父に会ったことがある。

〈さつき〉でアルバイトを始めて半年ほど経ったころだ。

母がいなくなったあと、中学校の担任だった先生の尽力でわたしは父から逃れ、一時的に「寮」と呼ばれている施設で過ごすことになった。

店の定休日である日曜日以外、ほとんど毎日わたしは〈さつき〉でアルバイトをしていて、帰りは諒二が寮まで送ってくれた。

寮の手前で手を振って諒二と別れ、門を開けようとしたら、突然父が現れた。

すぐ側に潜んでいたのだ。

母がいなくなったあと、父があてにしたのはわたしのアルバイト代だったのだろう。わたしの居場所を見つけ出す執念があるなら、働けばいいのに、もうそういう選択肢は彼の中になかったのだ。

父から逃げきったと思っていたわたしは、動転した。

「助けて！」

財布を取り上げられそうになり、半泣きで叫んで諒二のところまで走った。

彼は、わけがわからないままに、追いかけてきた父と揉み合ったあげく、ヘッドロックをかけた。彼はプロレスファンだった。

「だれだ、お前！」

「お前こそだれや！」

父との埒《らち》のあかない問答のあげく、諒二はわたしに訊いた。

「だれやこいつ！」

「お父さん」

「はああ⁉……え、すんません」

「謝らなくていい！　お金取ろうとしたんだから！」

結局、騒ぎを聞きつけた寮の職員の人が出てきて、父を連れていった。

めそめそ泣いていたわたしの隣で、諒二はそわそわそわそわしていたけれど、やがて思いきったようにわたしの手を握って、言った。

「桃ちゃん。明日から、ちゃんと門まで送るわ」

それで参ってしまったのだ。

あっという間に好きになってしまった。

父から守ってくれる人だという、それだけで。

「あなたの作るものなら、何でも」

お母さんはそう言った。

「桃子が一緒に食べたい思うもん、作ってくれたらええねん」

「あんたの好きなもん作ってくれればええわ」

そうも言った。

わたしがお母さんのために料理をするのは、きっとこれが最後だ。

彼女と一緒に暮らしているのは、啓一さんと祐佳さんだった。他人になったわたしが出しゃばっても、よい結果は生まない。

だから、彼女の食べたいものを作りたかった。

食べられる量もかなり少なくなっているというし、味覚も衰えている。それでも食は人に喜びを与えるもの。

もし、食べたいものがあるならば、お母さんははっきり言うだろう。

言わないのは、きっと具体的なイメージがないからだ。

もともと、お母さんは食べものの好き嫌いを口にしない人だった。

もちろん、わたしが料理を学びはじめてからは、家庭料理も修業の一環だったから、

「あんた、横着して、炒める前に湯通しせんかったやろ。水っぽいわ。野菜炒めは、手ぇ抜くとすぐわかるんやで」

と指導が入った。

わたしや諒二が料理人になろうとしていたためだと思うけれど、個人的な好き嫌いより技術的な指摘を優先していたのだった。

そして、あくまでも彼女は料理人であり、主婦でもあった。

メニューは、お客や家族のためのもの。彼女が自分自身のためだけに料理をすることなんて、ほとんどなかったんじゃないだろうか。たった一人で食事をするときでも、残りものや冷凍保存していたもので済ませていたはず。

いつも人のために料理をし続けた人が、最後に作ってほしいもの。

それはどんなものだろう。

「俺はそのときうまいと思うもんを作ったで。ホタルイカがうまい時期にはそれのパスタとか」

病気が見つかってから月に一度は帰省していたという諒二は、そう言った。

それを聞いて、思い出した。

わたしは一度、同じようなリクエストをお母さんにしていた。

母がいなくなったあの日、五十万円を抱えて、わたしはさつきさんのもとへ走った。事情説明もそこそこに、わたしは言ったのだ。

「これでおいしいものをおなかいっぱい食べさせてください」

「おいしいもの」が何なのか、よくわからなかったから。

食べものを自分で選べる環境になかったから。

料理人にとっては、本当に困るリクエストだったと思う。

人によって味覚はちがうし、味の好みもちがう。

全人類に共通する「おいしいもの」は存在しない。

それでもあの日の夕方、初めて客として店を訪れたわたしに、彼女は料理をふるまったのだ。自分のいちばんおいしいと思うものを、考えて。

どんな料理が出てくるのか、胸をときめかせていたわたしは、そのときばかりは母に置いていかれた悲しみを忘れた。

——そうか。

お母さんが何でもいいと言った理由に、ようやく思い至った。

何が出てくるのかわからない楽しみ。それは料理を作る側には決して味わえないもの。作ってもらう側だけの特権なのだ。

水分をいっぱいに含んだ新玉ねぎは、歯ごたえを感じられるように少しだけ大きめに切る。体力が落ちていると噛むのも億劫だろうから、二センチ四方を目安に。

冷凍の明太子は解凍するときに水分が抜けてしまうから、氷水につけてじっくり溶かす。

久しぶりに立った久坂家の台所で、黙々と作業をした。

祐佳さんという人も、啓一さんと同じように几帳面できれい好きなのだろう。台所はきれいに片付いていた。シンクに水滴の跡が残っていないのは、立ち去り際に拭いたからだ。

料理が好きでよかった、と思う。

別に料理でなくても、愛を伝えるすべはある。

でも、もし自分が料理嫌いで、下手だったら、今ここで、愛する人のために何をしてあげられただろう。

医学の知識もないし、介護のこつも知らないし、気の利いた小話で楽しませてあげることもできない。

だれかに何かをしてあげたいと思ったとき、差し出せるものがあってよかった。

あなたに教わったことがわたしの中でしっかり根付き、実を結んだのだと、示せるものがあってよかった。

「白菜は、一回で使いきれんときは、縦に切って内側から使うんや。キャベツは、芯くりぬいたり、芯に楊枝刺したりするやろ。それと同じ。中心に生長点あるから」

「大根も玉ねぎも、食べきれんときは切って冷凍しとく。繊維が壊れて味が染みやすくなるから。玉ねぎなんか、冷凍したほうが簡単に飴色になる」

隣に並んで、教わった。

包丁の使い方、野菜の洗い方、皮の剝き方、味付けの順序を。

だれからも奪われることのない、自分を幸福にするための方法を。

何かを学ぶことを、あんなに楽しいと思ったことはない。

自分にできることが一つ一つ増えていくことを、あんなにうれしいと思ったことはない。

「あんたは、もう久坂やないんやなあ。皆月なんやなあ。……まあ、ええわ。水無月は、皐月に次ぐもんやさかい。離婚しても娘みたいなもんや」

離婚したときに、そう言ってくれたのを思い出す。

こぼれた涙を手の甲で拭って、思う。

諒二のことだって好きだったけれど、わたしはたぶん、諒二の妻になりたいわけじゃなかった。

お母さん。

わたしはあなたの娘になりたかった。

ほんの少しだけ、とお母さんから量を指定されていた。

グラタン皿ではなく、小さなココットで作ったグラタン。

オーブンから取り出した焼けるように熱いそれを、皿にのせ、真っ先に彼女の前へ置いた。

ふわふわと湯気が立ち上る。チーズにはこんがりときつね色の焦げ目がつき、沸騰した中身がくつくつと表面を波打たせている。

「おいしそうやなあ。何のグラタン?」

お母さんは顔をほころばせた。

「じゃがいも。お母さん、じゃがいもがいちばん面倒で嫌や言ってたでしょ」

「ああ、そうやったそうやった。あんたにばっかり皮剝かせとったな。うちの坊は、全然手伝わへんさかい」

諒二が肩をすくめた。

「いつまでも言いよんねんな。もうええやんか」

お母さんが店で出していたポテトサラダは人気メニューだった。きゅうりと玉ねぎ、ハムを入れたオーソドックスなものとは別に、半熟卵と生ハム、空豆とベーコン、柚子胡椒と大葉とささみ……とさまざまな期間限定のポテトサラダがあった。

だからじゃがいもは大量にストックがあって、毎日のように料理に使っていたけれど、「店がなかったら使わんわ〜」というのが彼女の言い分だった。

おいしいけれど、手間がかかりすぎる、というのがその理由。

直線で構成されていないじゃがいもはただでさえ皮を剝くのが面倒だし、芽も取らなければならない。一つ一つが大きくないから、いくつもいくつも皮を剝いたり芽を取ったり。

同じく里芋も大変だけれど、使う時期が限られている里芋とちがい、じゃがいもとは年中付き合わなければならない。

実際、店のために作ったものの残りを食べることはあったけれど、家族の食卓にじゃがいもが登場することはほとんどなかった。諒二がイタリア料理の練習のために作るときくらいのものだった。

それでもあの日、母を失ったわたしに、彼女はポテトグラタンを出したのだ。

それが彼女のおいしいと思うものだったから。

「いただきます」

「熱いから気をつけて」

相手は子どもじゃないのに、ついそう声をかけてしまう。

「熱っ」

注意した自分が悲鳴を上げてしまった。

息を吹きかけて冷ましても、口の中に入れたそれはやっぱり熱くて、思わず舌の上で転がしてしまう。

みんながふうふう息を吹きかけたり、熱い熱いと声を上げたりするので、おかしくなってだれからともなく笑いだしてしまう。

ようやく熱さのおさまったじゃがいもは、口の中でほっくりと崩れて、溶けたチーズと絡みあう。ホワイトソースは、〈さつき〉のレシピをベースにしたもの。隠し味の白味噌が、じゃがいもやチーズともよく合う。

こうして毎晩、当たり前のように一緒に食事をしていた時期が確かにあった。

おいしいなと言い合い、時々は注文もつけて。

一口一口味わうように、お母さんはゆっくりスプーンを運んだ。

「ごちそうさまでした」

スプーンを置き、彼女は言った。

「わたし、このお味噌のグラタンがいちばん好きやわ。自分で作らんようなって忘れとったけど」

「昔、わたしが『五十万円でおいしいものを食べさせてくれ』って言ったことがあったでしょう。あのときに、お母さんが作ってくれたもののうちの一つが、これだった」

「そうやった?」

諒二の差し出した水を飲み、お母さんはわたしを見た。

「桃子、わたしの最後のお願いや」

ゆっくり、彼女は言った。

「こっちに戻ってきて、店を継いでほしい」

諒二が眉をひそめ、母親に顔を向ける。

「なに言うてんのや、啓一がやる言うてんのに」

「あの子は勉強家やし、銀行勤めやさかい、お金のことはきっちりするやろ。でも料理はあかん」

「そんなんまだわからんやないか。やり始めたばっかりやで」

「経験積んだら上手なる言うんか」

「そらなるやろ……ある程度は」

諒二の返答は歯切れが悪い。

別に料理に限らない。どんな仕事だって同じだ。努力すれば、ある程度のことはできるようになるだろう。でも、その先、プロとして生計が立てられるかどうかは別の問題だ。

割烹や料亭レベルの料理を求めて小料理屋に来る人はいない。でも、お母さんの料理に慣れた人たちは、きっと並大抵の料理では満足しない。

案の定、お母さんは言った。

「ある程度になるまで、お客さんは待ってくれん。それに、ある程度でお客は呼べん」

啓一さんは、別に料理をしたいわけじゃない。

ただ、母の店を大切にしてくれたお客の気持ちに応えたい、母の店が消えるのをただ見ているのがしのびないというだけだ。

妻の祐佳さんも、夫が銀行を辞めて店をやることに賛同はしていない。

啓一さんがどの程度経営に関わるかは相手次第だけど、料理は別の人に任せたほうがいい、とお母さんは考えているようだった。

「まったくの他人よりも、わたしのほうが勝手はわかっているものね」

わたしはそれだけ言った。

「もう一つ」

お母さんが諒二を見た。

「このアホ坊ともう一回結婚したってほしい」

「……は？」

諒二が唖然としていた。

まったく想定していない発言だったのだろう。

「わたしはわかっとる。あんた、この子に未練あるやろ」

すかさずわたしは言った。

「そうなの、わたしのことまだ好きなの。わたしの恋路を二回も邪魔した」

「ほらみろ！」

「いや、それとこれとは別やで……」

諒二は苦りきった顔をしていた。

彼の言いたいことは、よくわかった。

諒二はわたしのことが好きだけど、わたしと再婚したいと切に思っているかといったらノーだ。

わたしだって、諒二の新しい恋人に会ったりしたらもやもやするだろうけど、絶対に他の人と再婚してほしくないと思っているわけじゃない。

「結婚したけど上手くいきませんでした」という事実をはねのけるほどの気持ちは、少なくとも今は互いに持ち合わせていないのだ。

わたしはまじまじと、お母さんの顔を見ていた。

こういうことをする人じゃなかった。

もちろん「母の権限」を振りかざして我を通すことはあったけれど、基本的に息子二人の意思を尊重していた。

啓一さんは賢い人だ。もし本当に料理人としての才能がなかったとしたら、自分でそれに気づくし、そうしたら人に任せることも考えるだろう。

先回りして、わたしを店に押し込む必要なんて、どこにもない。

諒二だって、変な服を着てるし、多少神経質なところはあるけど、優しい人だし美点は多い。素敵な人と出会えば、わたしとの失敗から学んで、今度は上手くやるだろう。

無理に元の鞘におさめる必要なんて、どこにもない。

そこまで考えて、わたしは胸が塞がるような気がした。

「お母さん」

呼吸を整え、わたしはお母さんを見つめた。

涙が出てきて視界がゆがんだ。

「わたしはもう大丈夫よ。家族はいないけど、助けてくれる人はたくさんいるの。いい大家さんと、いいお客さんのおかげで、仕事も上手くいってる。心配しないで」

本当に一人になってしまうわたしを、彼女は心配したのだ。

「最後のお願い」の力を使って、居場所を確保しようとしたのだ。

お母さんは、淋しげにぽつりと言った。

「もう何もしてやれんからね」

「大丈夫。お母さんにしてもらったことを、今度は別のだれかに返すつもり。そうやって、だれかとつながっていけるわ。わたしには、幸い、お母さんに習った料理があるから」

淋しくて、苦しくて、泣きわめきそうだった。

それでも、別れの言葉を告げた。

「あのとき、傘を貸してくれてありがとう。料理を教えてくれてありがとう。愛してる、これからもずっと」

五月の下旬、お母さんは亡くなった。

このときばかりは、わたしも出張料理の仕事をキャンセルして、大阪へ向かった。

簡単な家族葬だったけれど、元親族として啓一さんと諒二が呼んでくれたのだ。

初めて会った祐佳さんは、ショートボブの黒髪と眼鏡が似合う、きりりとした印象の女性だった。

「ひょっとしたら、義理の姉妹になったかもしれんのやなあ」

二人きりになったとき、不思議そうに彼女は言った。

「ね。すれ違いになっちゃったけど」

わたしもそう答えた。

「料理のプロか。ええなあ。うち、苦手やねん。小学校のとき、バレンタインデーにチョコ作ろう思たけど、できたの、焦げたヘドロやったわ。十歳にして、向いてないてわかってもうた」

キャリアウーマン風の彼女が恥ずかしそうに言うのに、キュンときてしまった。

礼儀正しく、でも親しみやすさも見せる。

好ましい人柄だと、思った。

出会う時期がもう少し早ければ、お母さんと彼女の関係もまたちがったのかもしれない。

何しろ、わたしはあまりにも若くて、物知らずだった。お母さんにとっては、母娘の関係を構築しやすい相手だったことだろう。

対する祐佳さんは、自分の仕事と考えを持ち、自立した女性として現れた。

お母さんはきっと、困ってしまったのだ。わたしという成功体験を積んだあとで、勝手のわからない相手が現れて。

お母さんも、完全たる母ではなかったのだなあ。そう思った。

がっかりしたのではない。いとおしいと思った。


汗ばむような陽気だった。

火葬のあと、自宅での精進落としを終えても、まだまだ外は明るい。

風に吹かれて、街路樹が葉を鳴らす。美しい新緑が、午後の日差しを反射して光る。

春夏用の喪服でも、もう暑い。

何か食べたいものがあるなら買っていくよ
おみやげのリクエストあったら言ってね

季実ちゃんにそうメッセージを送ったら、すぐに返事があった。

ごはんは作っておくから大丈夫だよ
ナントカおじさんのチーズケーキが食べたいっておばあちゃんが言ってる

ごはんは作っておく、という言葉になんだか胸を打たれてしまう。
季実ちゃんが元気になってよかった。
ほんのささやかなことであっても、だれかを助けられる自分でよかった。
家族がいなくても、帰る場所があってよかった。
そう思った。
「なんやねん、そんなもの珍しげに」

最寄り駅のロータリーで、周りを見ていたわたしに、諒二が言った。

「だって、もう来ないかもしれないでしょ」

十年以上暮らした街。

でもたぶん、もう来ない。

実際、離婚してからお母さんに呼ばれるまで、一度も来なかった。

もし啓一さんが店を助けてほしいと言ってきたら考えるけれど、きっと彼は言ってこない。

仲が良いとか悪いとか、そういう問題じゃない。

啓一さんとわたしは、諒二を介さなければ他人のままだった二人だ。啓一さんには啓一さんの人間関係があって、料理人が必要になったらきっとそこからだれかを探すだろう。

諒二は金属製の車止めのスタンドに腰掛けてしばらく黙っていたけれど、ふてくされたような口調で言った。

「お前は、俺よりおかんのほうが好きやったからな！」

わたしはびっくりして、でも、そうかもしれない、と思った。

恋に近いような気持ちで、そう思っていたかもしれない。

「いいじゃないの。女の人ではお母さんがいちばんで、男の人では諒くんがいちばんだったんだから」

「ものは言いようや」

拗ねた口調だったけれど、根に持っている感じはなかった。

お母さんのために料理を作りに来たとき、互いにホテル泊であったにもかかわらず、諒二はわたしの部屋へ来たがるそぶりを一切見せなかった。

彼はお母さんの死を前にして参っていたし、愛がなかったとしてもそうなりやすい関係であったにもかかわらず。

そういうところを、今も好ましく思う。

「じゃあ、行くね」

スタンドから身を離して言うと、諒二が手招きした。

彼は座ったまま、近づいたわたしの左手を取った。

眉を寄せ、顔をしかめていたけれど、しばらくしてからわたしの顔を見て言った。

「元家族や。他人よりは近いさかい、何かあったら言うてくれ」

「ありがとう」

「あと、……おかんの言うてた再婚も、ないことはないと思う、俺は」

その持って回った言い方に思わず笑い、そして涙ぐみそうになった。

遊びたい盛りであっただろう彼が、二十歳で結婚したのは、家族のいないわたしのためだったと知っていた。今だって、彼は同じ気持ちで言っているのだ。

右手でもう片方の諒二の手を取り、言った。

「ありがとう。二人とも元気になったら考えよう」

大事な人を失って、今はお互いに冷静ではなくなっているから。

「じゃあね」

手を振ると、諒二も黙って手を上げた。

離婚した相手とまた再婚……いや、無理では？　お母さんを亡くして、あの人もおかしくなっているのでは？

頭を振って、その考えを追い払った。

判断は、一か月後のわたしに任せよう。

本郷の下宿に戻って、玄関ですみれさんを見たとたん、わたしはわんわんと泣いた。

自分でもびっくりするくらい手放しの、子どもみたいな泣き方だった。

お母さんを永遠に失ったという事実が、あらためて身に押し寄せてきたのだった。

「塩なんかいらなかったね。自分で塩水出してる」

言いながらもすみれさんはお清めの塩をわたしの胸に、背中に、足下にとかけた。

そうして季実ちゃんの持ってきたタオルを、わたしの顔にあてる。

わたしって、ものすごいマザコンだったんだなあ。

初めて気づいた。

お母さんにもすみれさんにも、「母」を求めていたのだ。

さんざん泣いたあと、喪服を脱いで、いちごミルクを作った。

旬の終わりの小粒のいちごに砂糖をまぶし、保存袋に入れて揉みつぶしたものを冷凍しておいた。シート状にしてあったそれをぽきぽき折って、牛乳に入れただけ。

ミルクは心を落ち着かせるし、溶け込んだいちごの甘酸っぱい果汁が体に染みわたる。

過去の自分に助けられた思いだ。

食堂でいちごミルクを飲んでいると、やってきた季実ちゃんが眉を八の字にして言った。

「ごめん……かっこよく作って桃子さんをびっくりさせたかったんだけど……」

彼女が見せてきたフライパンには、ボロボロになったハンバーグが並んでいた。

ハンバーグはまだ一緒に作ったことがない。何かのレシピを参考にして作ってくれたのだろう。

「ありがとう、季実ちゃん。作ってくれたのがうれしい」

ごはんを作って待ってくれている人がいるということ。

そのありがたさが、今日は身に染みる。

そのうえ、彼女は悲しんでいるであろうわたしを、喜ばせたかったのだ。最初に会った日、わたしが彼女を元気にしたいと思った、そのときと同じ気持ちで。

「最初の挽肉のこねが足りなかったのかも。最初に挽肉と塩だけでよーく練っておくと、崩れにくくなるの。でも、崩れてるだけで焦げてないから、おいしく食べられるわよ。ソースは作った？」

「出た肉汁で作る、ってレシピに書いてあったけど、ボロボロになったからどうしたらいいかわからなくなっちゃった」

「じゃあ、目玉焼き作って、ロコモコ丼にしようか。準備してくれたサラダ用の野菜も使えるし、丼にしてスプーンで食べれば崩れたのも気にならない」

「何がいる？」

「まずソースね。赤ワイン、中濃ソース、ケチャップ……あとはバターも。卵も出しておいてね」

話していているうちに、むくむくと気力がわいてくる。

部屋着の袖をまくって、手を洗った。

その間に、季実ちゃんが冷蔵庫を開け、ドアポケットに並んだ瓶を確かめる。

ソースの材料を目分量でボウルに入れて混ぜていると、すみれさんがやってきてあきれたように言った。

「さっきまで大泣きしてたのに、もう作ってるよ」

「わたし、落ち込んでごはんが食べられなかったこと、一回もないんです。悲しいときほど、立ち直るためにカロリー摂取しなきゃ」

「その意気なら大丈夫だね」

言いながら、すみれさんはテーブルにガラスの花瓶を置いた。

活けられていたのは、ピンクの薔薇の花。

わたしの好きな花を、庭から剪《き》ってきてくれたのだ。

「素敵。きれいな薔薇もあるし、今日の晩ごはんはごちそうね」

季実ちゃんに冷凍庫のごはんを解凍してもらい、わたしはフライパンを火にかける。

そう、わたしを救ってくれた料理だ。

それができるうちは、まだ大丈夫。

お米の洗い方、野菜の切り方、魚のさばき方。

お母さんから教わった、一つ一つ。それを使い続けるということは、優しいあの人と一緒に生きているのと同じこと。

そうしてお母さんから受け取ったものは、わたしから季実ちゃんへ、また別のだれかへ受け継がれていく。

自分の人生をささやかな幸福で彩るために、大切なだれかに小さな喜びを贈るために、わたしはキッチンに立つだろう。今日も明日も、これからも。

本文デザイン　坂野公一（welle design）
本文イラスト　中島梨絵

この作品は書き下ろしです。原稿枚数350枚（400字詰め）。

幻冬舎文庫

●最新刊
イマジン？
有川ひろ

27歳の良井良助が飛び込んだのはドラマや映画の制作現場。そこには、どんな無理難題も情熱×想像力で解決するプロフェッショナルがいた！　有川ひろが紡ぐ、底抜けにパワフルなお仕事小説。

●最新刊
猫だからね②
そにしけんじ

「猫シェフ」「猫棋士四段」「泥棒猫」「プロゴルファー猫」「猫ホテルマン」「猫寿司職人」……人間たちを困らせる、自由奔放な行動が、やっぱりかわいくてたまらない。だって、猫だからね。

●最新刊
虹にすわる
瀧羽麻子

職人気質の先輩と、芸術家肌の後輩。性格も能力も正反対のアラサー男子が、〝10年前の夢〟を叶えることにした。海沿いの町の小さな椅子工房を舞台に、〝こじらせ男子〟が、仕事に恋に奮闘する――。

●最新刊
わたしを支えるもの
すーちゃんの人生
益田ミリ

私、森本好子。本日40歳になりました。なんとか元気にやっています。恋の仕方を忘れ、大切な人とのお別れもあったけど、世界は美しく私は今日も生きている。大人気の「すーちゃん」シリーズ。

●最新刊
気づきの先へ
どくだみちゃんとふしばな7
吉本ばなな

事務所を畳んで半引退したら、自由な自分が戻ってきた。毎日10分簡単なストレッチをしてみたら、歩くのが楽になった。辛い時、凝り固まった記憶をゼロにして、まっさらの今日を生きてみよう。

出張料理《しゅっちょうりょうり》みなづき

情熱《じょうねつ》のポモドーロ

十三湊《とさみなと》

令和4年8月5日　初版発行

発行人――石原正康
編集人――高部真人
発行所――株式会社幻冬舎
〒151-0051東京都渋谷区千駄ヶ谷4-9-7
電話　03(5411)6222(営業)
　　　03(5411)6211(編集)
公式HP　https://www.gentosha.co.jp/
印刷・製本―図書印刷株式会社
装丁者――高橋雅之

検印廃止
万一、落丁乱丁のある場合は送料小社負担で
お取替致します。小社宛にお送り下さい。
本書の一部あるいは全部を無断で複写複製することは、
法律で認められた場合を除き、著作権の侵害となります。
定価はカバーに表示してあります。
Printed in Japan © Minato Tosa 2022

幻冬舎文庫

ISBN978-4-344-43220-8　C0193　と-15-1

この本に関するご意見・ご感想は、下記アンケートフォームからお寄せください。
https://www.gentosha.co.jp/e/